在沒有你的世界沉睡

SLEEP
IN A WORLD
WITHOUT
YOU

我並不堅強，我沒辦法哭著記得你，
所以只能選擇遺忘。

Misa著

出·版·緣·起

三百六十度全媒體出版

城邦原創創辦人　何飛鵬

當數位變革浪潮風起雲湧之際，做爲一個紙本出版人，我就開始預想會不會有數位原生內容出版社出現？如果會的話，數位原生出版會以什麼樣貌出現？而我又將如何面對這種數位原生出版行爲？

就在這個時候，我看到了大陸的起點網，這個線上創作平台，聚集了無數的寫手，形成數量龐大的創作內容，無數的素人作家在此找到了夢許之地，也成就了一個創作與閱讀的交流平台，而手機付費閱讀的習慣養成，更讓起點網成爲全世界獨一無二、有生意模式的創作閱讀平台。

基於這樣的想像，我們決定在繁體中文世界打造另一個線上創作平台，這就是POPO原創網誕生的背景。

做爲一個後進者，再加上我們源自紙本出版工作者，因此我們在POPO上增加了許多的新功能，除了必備的創作機制之外，專業編輯的協助必不可少，因此我們保留了實體出版的編輯角色，讓有心成爲專業作家的人，能夠得到編輯的協助，我們會觀察寫作者的內容、進度，選擇有潛力的創作者，給予意見，並在正式收費出版之前，進行最終的包裝，並適當的加入行銷概念，讓讀者能快速認識作者與作品。

這就是ＰＯＰＯ原創平台，一個集全素人創作、編輯、公開發行、閱讀、收費與互動的一條龍全數位的價值鏈。

經過這些年的實驗之後，ＰＯＰＯ已成功的培養出一些線上原創作者，也擁有部分對新生事物好奇的讀者，不過我們也看到其中的不足——我們並未提供紙本出版服務。

眞實世界中，仍有許多作家用紙寫作，還有更多讀者習慣紙本閱讀，如果我們只提供線上服務，似乎仍有缺憾。

爲此我們決定拼上最後一塊全媒體出版的拼圖，爲創作者再提供紙本出版的服務，讓所有在線上創作的作家、作品，有機會用紙本媒介與讀者溝通，這是ＰＯＰＯ原創紙本出版品的由來。

如果說線上創作是無門檻的出版行爲，而紙本則有門檻的限制，線上世界寫作只要有心，就能上網、就可露出，就有人會閱讀，沒有印刷成本的門檻限制。可是回到紙本，門檻限制依舊在。因此，我們會針對ＰＯＰＯ原創網上適合紙本出版的作品，提供紙本出版的服務，我們無法讓所有線上作品都有線下紙本出版品，但我們開啓一種可能，也讓ＰＯＰＯ原創網完成了「三百六十度全媒體出版」的完整產業及閱讀鏈。

不過我們的紙本出版服務，與線下出版社仍有不同，我們提供了不同規格的紙本出版服務：（一）符合紙本出版規格的大眾出版品，門檻在三千本以上。（二）印刷規格在五百到二千本之間的試驗型出版品。（三）五百本以下，少量的限量出版品。

我們的宗旨是：「替作者圓夢，替讀者服務」，在作者與讀者之間搭起一座無障礙橋梁。

我們的信念是：「一日出版人，終生出版人」、「內容永有、書本不死、只是轉型、只是改變」。

我們更相信：知識是改變一個人、一個組織、一個社會、一個國家的起點。讓想像實現、讓創意露出、讓經驗傳承、讓知識留存。我手寫我思，我手寫我見，我手寫我知，我手寫我創，變成一本本的書，這是人類持續向前的動力。

我們永遠是「讀書花園的園丁」，不論實體或虛擬、線上或線下、紙本或數位，我們永遠在，城邦、POPO原創永遠是閱讀世界的一顆螺絲釘。

楔子

我佇立在走廊上，他從我的眼前奔跑而過，而後倏地轉身、微笑，朝我揮手。

他張著嘴，似乎在對我說些什麼，可是我聽不見。

他的藍色襯衫下襬隨風飄動，柔和的午後陽光灑滿整條走廊，如夢似幻。

這一切無比美麗，我好喜歡此刻。

我知道自己正在做夢，因爲這個場景是我的高中時代。

過往的記憶一幕幕浮現，陽光和煦的午後、校門對街攤販的叫賣聲、課堂間的笑鬧聲，都是那無憂無慮的時光中珍貴的點滴。

高中時代是我的人生中最快樂的時候，卻再也回不去了。

那最美好的時光，只在夢中。

第一章

桌上有張白色的明信片，上頭印著幾行單調的新細明體字樣，文字內容卻十分俏皮。

親愛的高三誠同學們，你／妳相信嗎？
我們已經高中畢業快四年了。
在即將迎接大學的畢業典禮前，
是否應該找時間敘敘舊，見個面看看彼此呢？

時間：X月〇日
地點：米谷餐廳

□參加（不准帶另一半！）
□不參加（眞狠心……）

塡寫完畢請回傳至02——開玩笑的，都什麼時代了，請用LINE回傳給祁民吧！

高中時，祁民就是班上的活寶，雖然頑皮的他總讓老師頭疼，不過他是當時順利考上國立大學的學生之一，成績非常好，典型的會玩又會念書。

只是沒想到他會主動籌辦同學會，還特地寄了明信片到每個人家中通知，地址應該是來自高中畢業紀念冊附的全校通訊錄吧？但不得不說，公開通訊錄實在不太尊重個人隱私。

我並不打算參加，覺得沒有必要回覆，於是將明信片隨意往抽屜一擱。

「千裔，今天一起出去吃晚餐好嗎？」夕旖從房門外探頭進來。無論何時，她的臉上總是帶著完美的妝容。

「尙閎和之杏呢？」我將抽屜關上，起身朝門口走去。

「他們剛下課，會直接到餐廳等我們。」夕旖聳聳肩，眼珠子轉了圈。

「今天是什麼日子嗎？還特別去餐廳吃飯。」我笑著問。

「沒什麼特別的，只是我們孟家四姊弟又一次自己吃晚餐而已。」夕旖故意嘆了口氣，「爸是不是連續一個禮拜沒有回家了呀？」

「有筆大生意。」我頓了頓，注意到夕旖的眼神明顯流露出懷疑，「是眞的，舅舅也一起去了。」

「我還以爲……」她欲言又止。

我知道她沒有說出口的話是什麼。我們的父母感情並不好，不，應該說，他們之間根本沒有感情可言。

我想他們的婚姻大概是建立在利益之上，畢竟雙方的原生家庭都經商，爲了商業利益而結合是稀鬆平常的事。

這也沒什麼，我不像之杏那麼相信愛是一切的基礎，也不像夕旖佯裝不在意，但內心依舊渴望著愛。

我，一點也不在乎。

無論在什麼樣的家庭成長，人永遠都是獨立的個體，沒有人可以陪伴彼此永遠，感情有時反而還會成爲絆腳石。

無論未來我們的關係發生什麼變化，我的處事態度也不會因此改變。

即便同在一個屋簷下，大家也都有各自的人生觀，不是嗎？

所以我只是淺淺一笑，沒有說出這些幾乎稱得上冷血的想法。

「那就出去吃吧。」

「我傳個訊息跟爸媽說。」夕旖拿出手機迅速輸入文字發訊，同時我的手機螢幕也亮起。

「孟千喬，妳要去同學會嗎？」是李妍蓁的訊息。

「不了。」

「爲何？」她馬上回應。

「有什麼非去不可的理由嗎？」

她傳了個驚訝表情的貼圖，接著又送來一張竊笑的貼圖。

「我才不信妳不想見他。」

「？」

「藍英倉啊！」

我的心跳漏了一拍，瞬間想起那個夢境、想起那個從我眼前跑過的男孩。藍英倉的笑顏是那麼清晰，此刻我依然記得他嘴角浮現的微笑，是那麼地令人感到溫暖。

「他又不是在我們高中畢業的。」拉回短暫飄離的思緒，我如此回覆。

「他轉學後確實就和我們斷了聯絡，可是祁民和他最好，一定會邀請他的。」

「我考慮一下吧。」

「妳的決定會是參加。」

李妍蓁似乎很肯定我會參加，而她的預想也沒錯。

我轉身拉開抽屜，拿出那張明信片，幾乎沒怎麼猶豫便用奇異筆在「參加」前面的空格打勾，並拍下照片透過LINE傳送給祁民。

「收到！看樣子參加的人不少啊！」沒過多久，祁民就回應了。

我本來想問他藍英倉有沒有參加，但最後還是沒有問出口。

「千裔，怎麼了？還不走嗎？」夕旖再次探頭進來。

「嗯，走吧。」我將手機放到側背包中，並把明信片收回抽屜。

當我們抵達火鍋店門口時，身穿制服的尙閎和之杏已經站在那裡等待，之杏朝我們用力揮手，尙閎臉上則掛著微笑。

「之杏眞的是一年到頭都想吃火鍋，她會胖死！」挖苦歸挖苦，夕旖也笑得開心。

看著他們的笑容，我不禁感到一絲欣慰。雖然我對許多事情都漠不關心，但是這幾個手足確實是我無比珍視的。

「千裔，妳看起來怪怪的，累了嗎？」尙閎關心地問。和我們沒有血緣關係的他，是爸媽在我十四歲那年帶回來的孩子。

我曾經想過，也許他是爸或媽其中一人與外遇對象生下的小孩，然而想不到，尙閎竟眞的和我們沒有任何血緣關係。他是從大地育幼院領養回來的，不過爸媽對長輩都聲稱是爸爸外遇生下的孩子。

老人家想要一個可以傳宗接代的繼承人、爸爸和媽媽因爲不愛對方所以無法再肌膚相親，於是，領養一個孩子謊稱有血緣關係這樣的發展，似乎就成了必然。

我們在知道彼此沒有血緣的前提下相處，雖然我並不覺得有任何不自在，但尚閎心中應該仍存有被拋棄的陰影，以至於他面對我們時總是小心翼翼，這令人心疼，也惹人憐愛。

「你才是，好像又瘦了一些對吧？」我伸手捏捏他的臉頰，「之杏，該不會妳在學校也搶尚閎的東西吃吧？」

「哪有可能！我們又不同班，怎麼搶？」之杏趕緊撇清，「難道是沈品睿？尚閎，是不是沈品睿欺負你？」

「沒有啦，最近我反而吃得比以前多，可是卻瘦了。」尚閎用食指搔搔臉頰，一臉尷尬。

「之杏一定很羨慕你，她連呼吸都會胖呢！」夕旖嘲笑。

「沒禮貌！妳才、才……」

夕旖一手放到腦後，一手搭在腰際，刻意展現自己婀娜的身材，「才怎樣？」

之杏雙手握拳，忿忿鼓起臉頰，「哼！沒事！」說完便踩著重重的腳步踏進火鍋店。

尚閎搖頭苦笑，也隨之走進去，夕旖則竊笑著跟上。

我站在原地看著他們三人，忽然覺得好睏。

記得高中的時候，總是好像有用不完的精力，就算前一天熬夜了，隔天也能夠神采奕奕。

而如今不過快要二十二歲的我，卻經常覺得疲累。

彷彿只要閉上眼睛，我就能回到那條灑滿陽光的走廊。

✦

「千裔，妳聽了嗎？」頂著一頭亂翹黑髮的男孩帶著興奮笑容，揮著手機從教室後門朝我的座位跑來。

「聽什麼？」我摘下一邊的耳機，不解地看著他。

「最新排行榜啊，那首歌登上第一名了！」

相對於他激動的語氣，我冷靜地思考了一下，才意會過來他在說什麼，「啊，你是說Lady Gaga的〈Perfect Illusion〉嗎？」

「妳的反應也太慢了吧！」他翻了個白眼，但隨即換上溫柔的笑容，將沒塞在耳中的一邊耳機遞給我。

隱約可以聽見他的耳機傳來〈Perfect Illusion〉的旋律，我指尖滑過自己的手機螢幕，展示正在播放的歌曲給他看，「我知道，我也正在聽。」

「我們很有默契啊！」他笑得更開心了。

「學長，你這樣不行喔。」突然插話進來的是黃宣甯，她拿著兩顆茶葉蛋一屁股坐到我旁邊，手撐在我的肩膀上，賊笑著看向男孩。

「不要叫我學長啦！」他有些緊張地東張西望。

「這有什麼好顧慮的？你留級是全班都知道的……」黃宣甯故意提高音量，話還沒說完便被男孩摀住嘴巴。

「虧妳當初還是我的直屬學妹，現在卻這麼不給我面子！」他壓低聲音。

「要是早知道我的直屬學長會延畢，變成同班同學，那我當初就不叫你學長了！」黃宣甯推開男孩的手，理直氣壯地大喊。

「好，妳就不要叫我學長！」

「不叫就不叫！叫高元瑋總行了吧？」黃宣甯吐了吐舌頭。

「他一開始就是要妳別叫啊。」我無奈搖頭。

「啊！可惡，又不小心照著他的劇本走了！」黃宣甯懊惱地跺了跺腳，「喏，妳的茶葉蛋。」

「謝啦。」我接過茶葉蛋，將耳機取下來並停止播放音樂。

高元瑋坐到我前面的位子，轉過頭問黃宣甯：「妳剛才說的話是什麼意思？」

「茶葉蛋能有什麼意思？」黃宣甯一頭霧水。

高元瑋拍了下額頭，學著她的語調重複那句話：「學長，你這樣不行喔。」

「喔，那句呀！」黃宣甯再次揚起狡黠的笑容，「你這樣就是不行呀！」

「爲什麼不行？分享音樂也不可以嗎？」

「你不怕女朋友生氣嗎？」

這下子高元瑋更疑惑了，「為什麼我和千裔分享音樂，莞竹要生氣呢？」

我瞥了黃宣甯一眼，覺得她簡直沒事找事。

「因為千裔這——麼——漂——亮，你女朋友會吃醋。」黃宣甯無視我的眼神，自顧自地繼續說。

「莞竹可不像一般女孩子那麼愛吃醋。」我忍不住反駁。

「是呀，況且她和千裔也很要好。」高元瑋點頭附和。

「少來，女人啊……」

黃宣甯還想再說些什麼，我立刻用手肘頂她一下，提醒她講師已經進到教室了。黃宣甯吐吐舌裝可愛，拿出課本對高元瑋微笑，指了指講臺上的老師表示對話到此為止。

高元瑋搖頭，回過身看向講臺，不再有其他動作，看似十分專心聽課。事實上，他上課時確實滿認真的，理解能力也不錯，因此我實在不明白他為什麼會延畢。

「愛呀，是因為愛。」

當他確定必須延畢的時候，曾經說過這樣的玩笑話。

大家聞言只是取笑一陣，誰也沒有當真。

下課時，羅莞竹來到我們的教室找高元瑋，他們既沒有牽手，也沒有親暱地摟摟抱抱，只是相視一笑，回頭對我們揮手。

「明天見啦。」兩人齊聲說，離開了教室。

「哎呀，還眞恩愛呀。」黃宣甯滿臉羨慕，「我也想要有個能爲了我而延畢的男朋友。」

我沒有回應。

我，不太理解什麼是愛。

若轟轟烈烈、濃情密意是愛，那麼我的父母的確並不相愛。

但若相伴永遠、細水長流才是愛，那麼我的父母不就是相愛的？

即使高元瑋爲了羅莞竹而延畢，望著他倆離去的背影，我仍無法感覺到他們之間存在著愛，雖然我不明白愛是什麼。

「千裔，妳等一下還有課嗎？」黃宣甯背起背包。

「沒，但我和朋友約好了。」我看了下手錶，對方應該已經到了。

「朋友還是男朋友？」

「妳明知故問。」我拿起外套，沒好氣地白了黃宣甯一眼。

「嘿，孟千裔大學四年都沒交男朋友，這有誰會相信？我們都猜妳一定有什麼祕密戀情。」

「祕密戀情？難道是跟有婦之夫嗎？」我失笑。

「這就不知道嘍。」想不到黃宣甯居然聳聳肩，不置可否。

「少耍白痴了，我是和高中死黨有約。」手機傳來震動，果然是李妍蓁的訊息，

「我走了，明天見。」

「拜拜啦！」

走出教學大樓，眼前通往校門的林蔭大道翠綠而充滿生機。豔陽高照，多虧兩旁的樹蔭，讓這烈日不那麼毒辣，不過我還是穿上薄外套並撐起洋傘。

「孟千裔！」校門邊，李妍蓁坐在機車上對我招手。

「不是叫妳戒菸了嗎？」我微微皺眉，叼著菸的她下身穿的是短褲，卻兩腿大開跨坐在機車座墊上，「而且這姿勢很醜。」

「孟千裔大小姐可能看不慣我這種市井小民的粗魯行徑，但我可不想為此改變。」她笑了幾聲，狠狠吸了一大口菸。

「抽菸傷身。」

「我一個長期吃素又每天運動的親戚五十幾歲就死於癌症，另一個從十五歲開始吃喝嫖賭樣樣來的親戚卻活到了八十幾歲。」她聳聳肩，「一切都是命。」

「不要舉這種極端的例子。」我瞇起眼睛，「那單純只是我覺得菸味很臭，這個理由可以嗎？」

「好，這我可以接受。」她笑著將菸蒂丟進攜帶式菸灰缸，下車攬住我的肩膀，

「大美女，每次見到妳都覺得妳更漂亮了，沒事吧？」

「每次見到妳都覺得妳嘴更油了，沒事吧？」

「哈哈哈哈，哎呀，我多喜歡妳呀，像妳這種說話這麼冷冰冰的人，在我念的大學裡根本就沒有。」李妍蓁開懷大笑。

她擁有與秀氣名字搭不上的豪邁個性，長相與穿著風格都容易被人誤會是玩咖，她本人也懶得澄清，總是一派輕鬆地表示：「就讓他們誤會唄！反正人總是只相信自己想相信的事情。」

就這一點來說，她和我還挺合得來的。

我們一路走到附近商圈的某條巷子內，選了一家以許多花草點綴空間的輕食店，並挑了露天座位。點完餐點後，她一手托腮開口詢問：「所以千裔，妳跟祁民說了要參加對吧？」

我點頭，「見見老同學，也沒什麼不好。」

「妳可不是念舊的人，怎麼不直說就是爲了見藍英倉？」她調侃著，蓬鬆的長卷髮散發出淡淡香氣，她又換香水了。

「妳是失戀還是又有了新對象？」每當感情狀態出現變化，例如和男朋友分手或是開始新的戀情，李妍蓁就會換掉正在使用的香水，她的理由是每一段戀情都有屬於它的味道。

「算是新對象吧，他讓我感覺像是回到了青春時代，所以我挑了這款香水。很清新吧？」她邊說邊靠向我，那香味有如茉莉的花香。

「妳現在也還在青春時代。」我輕輕推開她。

「不，都大四了，哪能跟高中時那種青澀比？相較於學生，我們更接近社會人士。」她歪頭，嘴角勾起微笑，「妳打算考研究所嗎？」

「不了，沒什麼意義。」我啜了一口咖啡，味道苦澀中帶著香甜。以前曾聽人形容咖啡是大人的味道，初入口時既苦又酸，但最後留下的，卻是纏繞於唇舌間的香醇。

「我想也是，所以這是我們最後一年當學生了。」她修長的雙腿交疊，用叉子捲起義大利麵，「妳知道有誰要去同學會嗎？」

「我沒問，但祁民說很多人參加。」

「事實上，幾乎全班都會去，除了幾個不在臺灣的以外。」她看著我，「需要我幫妳問問藍英倉有沒有參加嗎？」

「不要，搞得我很想見他一樣。」

「妳的確很想見他。」李妍蓁正色。

「可是我們的分別太過難堪。」我扯了扯嘴角。

「是有點，不過我想他不會計較的。」她安慰。

我再次喝了口咖啡。高中時，我最喜歡的飲料是梅子綠茶，當時我自以爲老成地覺得，那酸酸甜甜的滋味就像人生。

然而如今已經大四的我認爲，人生並非酸中帶甜，而是苦澀之中隱藏著一點點香氣。

即使身分還是學生，心境卻截然不同了。

「我希望妳能永遠開開心心的。」

隨著時光流逝，藍英倉在離別前對我說的這句話，越來越讓我感到悲傷。

那時他的臉上雖然掛著笑容，但給我的感覺就像涼掉的咖啡，只餘苦澀。

「千裔？妳在發呆嗎？」

「沒什麼，只是忽然想起以前的事。」

「妳本來跟藍英倉感情那麼好，怎麼會吵成那樣啊？直到現在我還是覺得很不可思議。」

我聳聳肩，連我自己也不知道原因，有時候事情就是那樣發展了。

「再好的朋友都會吵架吧，我們兩個也不是一開始就很合得來。」

「這倒是沒錯，哈哈哈！」李姸蓁大笑。

「妳說他不會計較，但是他轉學後從沒和我聯絡過，我想他應該對我很失望。」

「妳也沒主動探聽他的消息啊！你們兩個就是太像了，所以才會吵架吧。」

「嚴格說起來不算吵架，至少他從來沒對我說過難聽的話，我們比較像冷戰。」

李姸蓁打了個哆嗦，「跟妳冷戰超可怕的，妳就是顆大冰塊，不，應該說是冷凍庫，可以把周遭一切凍住……喔，形容成雪女或許更恰當。」

「這裡是臺灣，不會有雪女。」我白她一眼。

「有呀，妳就是啊！」李妍蓁指著我。

我正要伸手打她，這時我們兩個的手機都傳來震動。

「親愛的、可愛的同學們，就是明天了，我們不見不散。」

「哪裡可怕？」

我和李妍蓁互看一眼，她率先開口：「不覺得不見不散這句話很可怕嗎？」

「很久很久以前，有部鬼片就叫做《不見不散》，場景也是同學會，但是連去世的同學都來了……」

說著說著，她的聲音越壓越低，手還在那裡晃呀晃的製造戲劇效果，我立刻制止她，「喂！我不喜歡聽這些。」

「哈哈哈，只有聽到鬼故事的時候，妳才沒辦法保持漠不關心的態度。除了我們幾個朋友以外，妳的大學同學有人知道鬼故事是妳的弱點嗎？」

「連我的家人都不知道。」

「說到這個，妳那可愛的沒血緣關係的弟弟最近怎樣？有女朋友嗎？」

「沒女朋友也輪不到妳，別想吃嫩草，他還未成年。」

「孟尚閎很可愛呀，要是他對妳們姊妹裡其中一個產生感情，那該怎麼辦？」

我的腦海中閃過之杏的臉，不過只是扯了下嘴角，「我沒有任何意見，我想我爸媽也不會有意見，但也要他們眞心相愛才行。」

李妍蓁別有深意看著我，然後搖頭一笑。

後來我們聊了一陣各自的生活，以及她和新對象之間的相處情形後，便結束了這場小小的聚餐。

「明天見到藍英倉的時候，妳不要又打算等他來跟妳搭話，主動和他聊天吧。」告別的時候，李妍蓁如此叮囑。

「妳好像很確定他會去。」我失笑。

「他絕對會去的，我肯定。」李妍蓁瞇眼笑著，那模樣和她高中時一樣，幾乎沒有改變。

回到家中，夕旖和之杏正坐在客廳看電視，兩個人一如往常搶著遙控器，而尙閎剛好洗完澡走出浴室，看見我便詢問：「吃飽了嗎？」

「吃過了。」

「那要吃點水果嗎？我去削。」

我微笑，捏了捏尙閎的臉頰，「你應該坐到沙發上，跟夕旖搶遙控器，然後叫之杏去切水果才是。」

他一愣，接著露出有些尷尬的笑容。

我拍拍他的肩膀，走回自己的房間。

尚閎對我們太過溫柔體貼，這樣的態度卻也太過不自然。我明白這無可避免，畢竟他十歲時才來到我們家，忽然要一個已經懂事的孩子融入新的家庭，並且毫無芥蒂地把這個家的人當成自己的家人，那是不可能的。

我同意血緣不能決定一切，但很多時候，血緣仍是最重要的羈絆。

「千裔，妳明天會回來吃晚餐嗎？」夕旖來到我的房門口。

「我要參加同學會，爸或媽明天應該會回家吧？」我將頭上的髮圈解開。

「應該吧，那妳大概幾點回來？」

我有些好奇地看著夕旖，「怎麼了？這麼難得還特地問我回家時間。」

她聳聳肩，「只是問一下，我今天聽警衛說這幾天附近好像有奇怪的人徘徊，所以妳別太晚回家，或是記得叫尚閎去捷運站接妳。」

「妳才要小心吧，我可愛的妹妹。」我輕笑。

「我還好吧。」

「妳長得這麼可愛，危險多了。」我故意調侃。

夕旖一攤手，「長得可愛這點我同意，不過我身手可不差，如果真有色狼找上我，他們就等著求饒吧，但千裔妳看起來弱不禁風，注意一點比較好。」

她的關心讓我覺得很窩心，我笑了笑正要接話，一陣咚咚的腳步聲迅速接近。

「欸，妳怎麼都不會擔心我？」之杏探頭進來，表情吃味。

夕旖上下打量她，「妳這麼安全，完全不會有問題。」

「什麼叫安全！」之杏哇哇大叫，和夕旖大打出手。

聞聲而來的尚閎想要阻止，然而女人打架男人還是別插手的好，所以我對尚閎搖搖頭，要他別管了。

尚閎又猶豫地看了之杏和夕旖一眼，才帶著擔憂的神情離開。

最後結果當然是之杏慘敗，夕旖毫不留情地在她臉上留下一個紅掌印，之杏氣呼呼地跑去客廳找尚閎哭訴了。

「幼稚。」夕旖說完，哼了一聲，也趾高氣揚地走了。

我走出房間，悄悄來到客廳附近。

「好痛，夕旖那個八婆，居然下手這麼用力！」眼角泛淚的之杏坐在尚閎身邊。

「不要跟夕旖吵架啦，妳從小到大都沒有贏過。」尚閎溫柔地將冰毛巾敷在她的臉頰上。

「哼，我才不會永遠輸下去。」

「可是臉都腫起來了，很醜呢。」尚閎輕聲說。

「你……你也覺得，我很安全嗎？」之杏洩氣地垂下肩膀。

「安全？妳是很安全呀。」

「喂！」之杏舉起手來，就要打下去。

「我們每天一起上下學，有我保護妳，妳當然很安全了。」尚閎笑著補充。

之杏愣了愣，隨即露出滿足的笑容。

我默默轉身回房，關上房門。

如果尙閎打從出生就和我們在一起，那之杏還會喜歡上他嗎？

有時我不禁會想，血緣關係到底是阻擋愛的理由，還是加深愛的理由？

✦

同學會的地點米谷餐廳是最近興起的中式創意餐廳，既有buffet也有單點包廂區，祁民訂了大包廂，可以容納約四十人，包廂門口還誇張地掛上了紅色布條，上面印著「歡迎高三誠老爺小姐們蒞臨」一行大字。

「他怎麼有辦法讓餐廳同意掛上這麼俗氣的布條？」李姸蓁不敢置信。

而我深吸一口氣，在這扇門的背後，那些談笑的聲音彷彿和高中時一樣，只要打開門，就會看見他。

「歡迎！報上名來！」頭髮染成墨綠色的祁民手裡拿著一張紙，顯然是出席名單。

「你認不出我們？」李姸蓁皺起眉頭。

「女大十八變，況且妳們都化了妝，不知道妝前妝後兩個人嗎？」

李姸蓁二話不說直接踩著高跟鞋上前，一把揪住祁民的耳朵，「你一點也沒變呀，說話還是欠揍！」

「痛啊！總是先動手這一點完全沒變啊！李姸蓁！」他鬼叫著，其他許久不見的同學們都放聲大笑。

好懷念，這笑聲、這氣氛，都已經好久沒有感受過了。

李妍蓁鬆開手，祁民揉著被捏得發紅的耳朵，看著我說：「孟千裔，妳也完全沒變呢。」

「是嗎？」

「是啊，髮型和長相都沒有改變。」祁民用原子筆在名單上打勾，「挑個位子坐下吧，時間差不多了，我來看看還有哪些人沒到。」

我屏住呼吸，留意著周遭的交談聲，卻沒有那個人的聲音，於是我放眼望去，包廂內的四張大圓桌旁，都不見他的身影。

「藍英倉好像還沒來。」李妍蓁在我耳邊小聲說，「要不要我去問？」

「不要，問什麼。」

她聳聳肩，「那我們坐哪？」

我隨便指了張放有幾件外套與包包的圓桌，這時包廂門再次開啟，陳萱汶和其他人說笑著進來，直接走到我指的那張圓桌前，原來那幾件外套是她們的。

「看樣子不坐那桌了吧？」李妍蓁明知故問。

我們坐到另一桌的位子，刻意離陳萱汶那群人遠遠的。

「除了阿胖路上塞車、小鯨臨時無法來以外，人差不多到齊了。」祁民高聲宣布。

李妍蓁看向我，她皺著眉頭，一臉不可思議。

我還來不及叫她別多話，她已經放聲問：「祁民，藍英倉呢？」

這句話讓眾人頓時安靜了一下，而後幾個同學也跟著問：「是呀，英倉呢？」

「就算他高三轉學了，好歹也跟我們同班了兩年，怎麼沒找他？」

「還是他當初跟孟千裔吵得太凶，所以不想來？」

幾個男同學開玩笑地說，李妍蓁瞪了他們一眼。

「幹麼，都這麼久了，英倉也不是會計較的個性，有什麼好不能講的？」其中一個男同學一臉無所謂的樣子。

「所以英倉呢？」陳萓汶的聲音響起，一如記憶中那般甜膩。

我討厭她喊著藍英倉名字的語調。

所有人都看著祁民，他的表情很不對勁，掛在嘴角的微笑十分僵硬。

「那個，他很難找……」他的聲音乾澀無比。

「都什麼時代了，怎麼可能有人會很難找？」

「不過他轉學後，我就沒有再聽過他的消息耶。」

「這麼說來，當初加臉書好友時我好像也沒搜尋到他。」

「有誰跟英倉聯絡過嗎？」

大家你一言我一語，但想不到竟沒有一個人和藍英倉保有聯繫。

很不對勁，這很不對勁。

心臟飛快跳著，我緊盯祁民的臉，全身血液有如倒流了一般，手腳冰冷，不好的預感隱隱蠢動著。

「英倉的媽媽……希望我不要說。」祁民忽然紅了眼眶，在場的人都嚇到了。

「發生什麼事了？」陳萓汶站起來，臉色蒼白。

李妍蓁抓住我的手腕，她的手同樣異常冰冷。

祁民擦去眼淚，看著大家，看著我。

「英倉死了。」

第二章

我聽到了什麼？

總覺得回音好大，耳中嗡嗡作響，強烈的耳鳴以及暈眩感朝我襲來，周遭的一切都很不眞實。

我看見祁民落下眼淚，還有李妍蓁張大嘴不敢置信的模樣，她抓住我的手，握得好緊好緊，雙脣一開一合，不知道在說些什麼。

我聽不見，世界彷彿一片漆黑。

明燦的陽光、清亮的鐘聲、走廊上奔跑的腳步聲清晰如昔，眼前的男孩回頭對我微笑。

「藍英倉怎麼了？」說話的人不像是我，但大家都看向我。

祁民對上我的目光，表情痛苦萬分，他眼中的淚水眞切無比。

「他出了意外，就那一瞬間。」

「爲什麼？什麼意外？多久了？」

「怎麼我們都不知道？」

「我們才幾歲啊？他怎麼就……」

除了震驚以外，所有人的神情裡皆是濃濃的悲傷，這突如其來的噩耗讓大家都難以接受。

「他怎麼可能死了！」忽然大吼出聲的是曾頡佑，他高中時是籃球校隊的成員，和藍英倉很要好。

「嗚嗚……」有人哭了起來，許多女孩子紅了眼眶，陳萓汶的眼淚不斷滑落，那傷心的表情不應該出現在她漂亮的臉蛋上，一直以來，她總是掛著自信的微笑。

「我們可以去看他嗎？」曾頡佑握緊拳頭，咬著牙問，其他人也跟著追問。

「他媽媽就是不希望如此，所以才要我別說……對我們來說，這是剛得知的消息，但其實英倉在十八歲那年就離開了，他們不想要……再一次，看到許多人哭著去見他……」祁民擦去淚水，努力撐起笑容，「要是英倉真的在天上看著，他一定會笑我們哭什麼吧。」

「是啊，那個小子一定會嘲笑我們。」以前常和藍英倉玩在一起的另一個男生附和。

「我還記得藍英倉以前曾經假裝往樓下跳，讓大家都嚇壞了，結果其實下面不遠處有一道平臺，他只是跳到平臺上，躲了起來笑我們。」一個女生一邊擦著眼淚，一邊努力揚起嘴角。

「還有，他裝作暈倒過，那時老師也嚇了個半死。」

「我記得！然後他有次蹺課被教官抓到，在學校裡跑跑躲躲了半小時，最後居然真的成功逃掉了。」

「話說，幾乎和我們同年級的女生都跟藍英倉告白過耶，這個超扯的！」

「連瑪丹娜學姊也跟英倉很好，靠，那小子眞是豔福不淺。」

大家開始聊起藍英倉過去的事蹟，每一件事情都這麼的歡樂、這麼的有趣，他本人應該也要在這邊，一起談論和回味才是。

看似情緒高昂地說了一陣後，所有人再次沉默下來，祁民拿起面前的杯子，高舉起來，「讓我們敬英倉一杯吧。」

大家紛紛依言舉杯，「敬藍英倉。」

充滿哀傷氛圍的同學會，就像一場夢般結束了。任誰也想不到，這居然會變成一場緬懷藍英倉的聚會。

「妳還好嗎？」大家在餐廳外頭拍完合照後，一直蹙著眉的李妍蓁突然問我。

「爲什麼這麼問？」

「藍英倉……」她的表情依舊悲傷，我討厭看見別人臉上出現這樣的神情，因爲心情也會跟著難受。

「如果說死亡其實就跟永遠不見一樣的話，那就當作他還活著吧，只是我們不會再相見。」我說。

「千裔，妳如果哭出來，會好……」

「我不會哭的。」我堅定地看著她，「哭是最浪費時間和力氣的事，對現況沒有任何幫助。」

「可是……」

「孟千裔。」祁民從另一邊走過來，臉上帶著勉強的微笑，「妳還好嗎？」

「你的問題和她一樣。」我瞥了眼李妍蓁，「爲什麼你們都認定我會不好呢？」

他只是輕聲說：「英倉離開的那天是一月一日，一年的開始。」

我的心臟一緊，彷彿有什麼東西壓在胸口，令我無法呼吸。我緩緩開口，覺得口乾舌燥：「他……是出了什麼意外？」

「車禍，被酒駕的人撞到。」祁民的聲音顫抖著，「妳去網路上搜尋的話，可以找得到新聞。」

「幹，酒駕的人怎麼不全去死一死？」李妍蓁氣得大罵。

「對他來說，這是僅僅一瞬間的事，應該沒有感覺到疼痛。」

「你怎麼知道？」

祁民和李妍蓁都看著我。

「你怎麼知道他不會感覺到疼痛？」我又重複了一次。

「他爸媽說，現場非常的……所以幾乎能看出就是短短的瞬間，不要逼我講得更清楚了。」祁民苦笑，眼眶再次溼潤，「如果能回到過去，該有多好？」

「回不到過去的。」

「孟千裔，妳跟以前一樣，冷漠無情。」祁民寒著聲音，不再微笑，「我不懂爲什麼英倉會喜歡妳。」

「祁民，別太過分了。」李妍蓁出聲，擋在祁民和我之間。

「我沒有說錯。」祁民瞪著我，我無懼地回望，他搖了搖頭，「算了。」

接著，他轉身離去，頭也不回。

「千裔，妳何必……」李妍蓁轉向我說，但這時一個女孩朝我們走來。

「千裔，妍蓁。」留著蓬鬆短卷髮的女孩聲音很輕柔，她叫莫千繪，和我的名字發音有點像，是少數幾個我還記得名字的高中同學。

「莫千繪？我以爲妳會和陳萱汶她們去續攤呢。」李妍蓁拿出一根菸，隨口問莫千繪要不要。

莫千繪擺擺手，「高中時我不是和她們吵了一架嗎？後來就比較少來往了。」

「沒和好？」李妍蓁點菸。

「都過這麼久了，也沒有什麼和好不和好。」莫千繪垂下目光，「沒想到會得知這樣的消息。」

「誰都沒想到吧。」李妍蓁苦笑，「世事難料，我從來沒有這麼深刻地體會過這句話的含義。」

忽然，莫千繪抬頭看我，「剛才祁民說，英倉以前喜歡妳？」

「怎麼可能？」我感覺難以呼吸，好像回到了當年那個時刻，「他喜歡的是陳萱汶。」

「是這樣嗎？但是……他和妳不是很要好？」

「我們的確很要好，不過僅止於朋友而已，他只是覺得有趣。」我握緊拳頭，指甲陷進了掌心，每一個字都說得艱辛，「我以前還幫他拿情書給陳萓汶過。」

「萓汶居然什麼也沒提……不，或許就是因爲這樣，我們才會吵架吧。」莫千繪扯扯嘴角，「女生怎麼老是容易因爲男生而吵架呢？」

李妍蓁聳聳肩，「是妳們的友誼不夠堅定，我和千裔之間就沒這問題。」

聞言，莫千繪笑了起來，「或許是吧。那我先回家了。」

「嗯，下次見。」我和李妍蓁向她道別。

下次見，是什麼時候再見？

我們可曾眞的仔細思考過這句話的意義？

我輕輕閉上眼睛，彷彿又看見那條走廊。

藍英倉，再也不見。

✦

黑色的大狗在校園裡奔跑，牠吐著舌頭，看起來很開心。許多學生見了牠都會停下來跟牠打招呼，有些人甚至還餵牠吃零食。

這隻大狗叫做小黑，名字十分菜市場，牠是我們學校的校犬，生了三隻小黑狗，分別叫阿一、二二、老三，雖然名字一樣很沒新意，但簡單直白的稱呼倒是讓所有人都能記得。

而取了這些名字的，正是——

「高、元、瑋！」黃宣甯雙手叉腰，對正在餵三隻小黑狗吃罐頭的男孩喊。

「喂，我可是學長欸！」高元瑋抱怨了一聲，不過仍面帶笑容揉揉三隻小狗的頭。

「一下要我叫學長，一下要我別叫，你搞得我好亂呀！」黃宣甯扶額，一副快要暈倒的樣子。

「好啦，他留級已經很沒面子了，妳就不要鬧他了。」羅莞竹笑盈盈從社團教室走出來，手裡的托盤上放著三個水碗。

「那是爲了愛，爲了愛呀！」黃宣甯意有所指地對羅莞竹說，羅莞竹笑得甜蜜。三隻小狗跑過去在羅莞竹腳邊打轉，她放下水碗，牠們立刻開心地喝起水來。

「小黑呢？」高元瑋東張西望。

「我剛剛看見牠在校園裡跑來跑去，大概又是在到處討零食吧。」我讀著手中的文件，高元瑋湊過來一起看。

「所以下一次是什麼時候？」比我高上一個頭的他，幾乎把陽光都遮去。

「這個禮拜六和日，在內湖的動物之家。」我指著用紅筆圈起的地方。

「需要的人手只有兩個，這次誰要去？」高元瑋回頭問大家。

「我這禮拜六和女朋友有約！」大二的阿瑞從社團教室的窗戶探出頭來，率先拒絕。

「我上禮拜去過了，不是有排班表嗎？」一個一年級新生走出教室，將手上的資料夾交給高元瑋。

「對耶，我看看……」高元瑋在我身邊翻著資料夾。

三隻小黑狗喝完水後嬉鬧成一團，看著牠們，我想起我們學校原本是沒有校犬的。

當初高元瑋入學時，意外在校門口撿到一隻孱弱的小狗，當下他二話不說，立刻蹺掉開學典禮，騎著機車、載著小狗前往動物醫院。

獸醫懷疑可能是這隻小狗太過虛弱，所以被母狗拋棄了，而小狗努力呼吸求生的模樣，讓高元瑋下定決心要負起照顧牠的責任。

不過高元瑋租屋處的房東不接受房客飼養寵物，聽羅莞竹說，當初他向房東求情了很久，甚至還提出願意幫忙打掃公共環境這樣的條件，但房東就是不同意。

都已經把奄奄一息的小狗救活了，高元瑋覺得說什麼也不能讓牠再度被拋棄，於是，他把小狗帶到學校，試圖說服校方收留，並藉此機會申請成立相關社團。好在校方向來很鼓勵同學們自主發起任何行動，於是高元瑋順利成立了「搖尾巴社」，而小狗就這樣成爲第一隻校犬，牠正是小黑，現在已經成長爲強壯的狗媽媽了。

加入搖尾巴社的學生不少，主要的社團活動就是餵養校犬，以及定時幫牠們洗澡、帶去看獸醫打預防針或接受健康檢查等等。

當然，大家也會照顧學校附近的流浪動物，並請人協助結紮，而經費方面校方雖然有資助一部分，但大多還是倚靠同學們的愛心捐款。

還有另一項社團活動，是到流浪動物之家擔任志工。每當適逢動物之家舉辦認養活動時，所有社員都會前往支援，而平常則是每個禮拜輪流去協助打掃狗籠、替狗洗澡、帶牠們散步等。

這個禮拜六也要去動物之家幫忙，高元瑋正是在確認輪到誰擔任志工。

「這次是莞竹、我、千裔和宣甯。」高元瑋在文件上面打勾，「阿瑞，打個電話給內湖的動物之家，告訴他們這禮拜我們會有四個人過去。」

「好。」阿瑞早已熟記台北市所有動物之家的電話，隨手拿起話筒便撥出去。

「那我們老樣子約九點先一起吃早餐，如何？」高元瑋徵詢大家的意見，羅莞竹摸摸三隻小狗的頭，走到我們這邊。

「可以呀，可是學長，那家的早餐不好吃耶。」黃宣甯皺眉。

「妳還挑啊？」高元瑋作勢要打她。

「千裔也說過不好吃呀，她這麼不挑的人都說了！」黃宣甯躲到我身後，我斜眼睨她，覺得自己躺著也中槍。

「我們可是去照顧動物，不是吃下午茶。」羅莞竹也發話了，毫不意外地站在男朋友那邊。

「那……」

「社長！他們說這禮拜還有其他志工會去幫忙，所以我們只需要派兩個人就行了！」阿瑞再度從教室窗戶探出頭，對著我們喊。

「兩個嗎？」高元瑋沉思。

「那我和你去就好了。」羅莞竹理所當然地說。

「也行，就讓妳們兩個休息吧。」高元瑋雙手叉腰，「好啦，今天可以解散了。」

「喔耶！那我這禮拜六要去聯誼，千裔，要不要一起？」黃宣甯兩手一拍。

「拜託，妳找千裔？妳這種等級和千裔去，誰還會注意到妳呀！」我還來不及拒絕，高元瑋已經哈哈大笑著損了黃宣甯。

「喂，這什麼意思？我也是很受歡迎的好嗎！」黃宣甯不甘地反駁。

「是呀，畢竟妳跟千裔是好朋友，都不知道接近妳的男人是醉翁之意不在酒。」

「可惡！莞竹，妳看看妳男朋友！」見鬥不過高元瑋，黃宣甯轉而向羅莞竹告狀。

「好了啦，不要鬧她了，人家好歹是你學妹。」羅莞竹笑著用手肘頂了高元瑋一下。

「現在可不是學妹嘍。」高元瑋幼稚地對黃宣甯吐舌頭。

「哼，我不跟幼稚的人計較。千裔，我們去吃好吃的下午茶吧！」黃宣甯勾起我的手，我無奈地笑了笑。

「好啦，拜拜。」和社員們道別，我和黃宣甯前往學校附近的咖啡廳。

當餐點送上時，黃宣甯先拍了好幾張照片，又是上傳臉書又是打卡的，弄了老半天才終於開始吃。

「千裔，我是說真的，禮拜六要跟我去聯誼嗎？是我高中同學邀的，他們學校優質的男生可多了，都是法律系、醫學系之類的，一起參加好不好？」黃宣甯津津有味享用著馬卡龍，一邊不忘慫恿我。

「那些科系的男生妳眞的可以應付？他們都喜歡聰明的女生吧。」我哼笑一聲。

「不，男生都喜歡看起來笨笨的女孩子。」她歪頭裝可愛，「事實上聰明不聰明，我們自己知道就好。」

「那妳去吧，我沒興趣。」我喝了口咖啡。

「爲什麼？千裔，妳眞的對這類事情完全沒興趣耶，大一抽學伴的時候妳就興趣缺缺，和其他系的聯誼妳也都不參加，多少男生是爲了妳才……」忽然，黃宣甯摀住嘴巴，瞪大眼睛驚訝地看著我，「難道妳喜歡女生？」

「黃宣甯。」我放下杯子。

「沒關係，都這個時代了，彼此相愛最重要，喜歡女生也不要緊呀，只是男生們應該會心碎……」

「黃宣甯。」我盯著她。

「哎，不是喜歡女生，那爲什麼對男生沒興趣啦！」黃宣甯拿起一個馬卡龍遞給我，我搖頭拒絕，她嘟起嘴收回手，「妳也不喜歡可愛的甜食。」

「每個人的喜好不同，難道不愛吃甜食、偏好打扮得中性，就一定是喜歡女生嗎？」我對她翻了個白眼。

「那我知道了，只剩下一種可能。」黃宣甯彈指，表情十分篤定。

「知道什麼？妳說說看。」我往椅背一靠。

「就是妳心裡早就有喜歡的人了。」

「別亂講了，這個猜測也不對。」我搖頭，「難道不能是單純的沒有興趣嗎？」

「也不是不行，只是很奇怪罷了。」黃宣甯聳肩。

「我實在對談戀愛沒什麼興趣。」我連愛該是什麼模樣，都不知道。

「一般來說，女兒會像媽媽，兒子會像爸爸。」黃宣甯用叉子戳著蛋糕，「所以，父母的感情觀也會影響到子女。」

我一愣，抬頭看她，「不一定吧。」

「就算不是一定，影響也肯定是最直接的，畢竟父母是最親密的家人。」她叉起一小塊蛋糕送進嘴裡，邊嚼邊說：「父母感情非常好的話，身爲孩子也會憧憬婚姻；而如果其中一方有外遇，即便子女討厭這樣的行爲，還是可能走上一樣的路；若雙方之間已經不存在著愛卻沒分開，子女也會不相信愛情；而要是父母選擇離婚，子女未來也比較容易和伴侶離婚。」

「沒有這麼絕對吧。」我輕皺眉頭，還是無法認同。

「世上每件事都沒有絕對，但妳不能否認潛移默化的力量。」她撐著頭，「像我父母感情好得讓我從小被閃到大，所以我很相信愛情呀！」

那難道我是不相信愛情嗎？

仔細想想，或許正是如此。

「那可能是因為我不懂什麼是愛，所以才不想談戀愛吧。」我扯了扯嘴角。

「開玩笑，怎麼會……」黃宣甯大笑著擺手，但看到我無比認真的表情後頓時愣了下，「妳是說真的？」

「我的父母並不愛彼此，不過他們很愛我們幾個小孩，我也有很要好的朋友，所以我明白親情和友情的珍貴，至於愛情……」我聳肩。

「這……」黃宣甯一時不知該怎麼回應，看著她尷尬的模樣，我不禁笑了。

想必往後她不會再跟我提戀愛這回事了，也省了一個麻煩。

回到家之後，我躺在床上思考今天和黃宣甯的對話。

我從來沒有將自己對愛情的淡漠和爸媽的關係聯想在一起，然而，身為他們的長女，我又怎麼可能絲毫不受影響呢？

當我兩歲的時候，還是什麼都不懂的孩子，每天就是吃飯、睡覺、玩耍，享受無憂無慮的時光。

夕旖的誕生，只是讓我認知到自己擁有了妹妹，從此多了個玩伴。

而當我四歲的時候，之杏出生，這更是讓我高興不已，我每天都會逗年紀還很小的夕旖及之杏玩，媽媽總是笑著說：「妳是一個好姊姊。」

爸爸則會摸摸我的頭，有時還會把我抱進懷中。

他們幫我們三個姊妹分別準備了很大的房間，自從我有記憶以來，就一直是一個人睡。房間很漂亮，裡面擺滿各種玩具，關燈後還會有許多螢光星星在天花板以及牆壁上旋轉，我的房間有如宇宙一般，星光燦爛。

我愛爸爸、我愛媽媽，我愛兩個可愛的妹妹，我的家庭好幸福。

當我七歲時，在升上小學一年級的第一天，我看著一對對父母帶著和我一樣大的小朋友踏進教室，看著許多孩子哭著希望爸媽不要離開。

我回頭，雖然爸媽都在，但我終於感受到一絲違和。

他們，像是各自獨立的個體。

別人家的父母會因爲孩子的表現而緊張，接著相視一笑，輕輕握住彼此的雙手，然後再放開，或是偶爾有些微微的肢體碰觸。

可是我的父母就只是看著我微笑，沒有互動、沒有接觸，連眼神交會都沒有，他們之間的距離幾乎可以塞下一個人。

坐在座位上的我注視著這一幕，即便當時年紀還小，我也能敏銳地察覺到，我的父母與其他人的父母的差異。

隨著漸漸長大，透過平日與同學們的談天，我終於確定了一件事——我的父母和別人的父母不同。

他們不會親暱地交流、不會閒聊，平常和對方說話也是公事公辦的口吻，感覺就和學校的班導和其他老師交談時一樣。

「媽媽，妳和爸爸……是不是怪怪的？」

我第一次提出這個問題，是在七歲半的時候。

媽媽只是摸摸我的頭，然後微笑，「一直以來不都是這樣嗎？」

我看著她的笑容，那美麗的眼瞳裡映出我的臉龐。

從此，我不再問了。

我決定要做好所有事情，當個稱職的姊姊。

我認眞念書，每次都拿下全班第一名；下課後就去接夕旖和之杏，回到家一定監督她們寫作業，還在她們吃完點心後主動洗碗，每天晚上睡覺都幫她們蓋被子；除了這些，我還會幫忙做其他家事。

幫傭阿姨總是說她來就好，但我是姊姊，我要做好每一件事。

因爲也許爸爸和媽媽看見我這麼努力，那所謂「一直以來」的相處方式就會被打破。

某天午後，媽媽出了門，我自己下廚煎了荷包蛋給夕旖和之杏吃，媽媽回到家卻大聲斥責我：「怎麼可以自己開火！妳知道這有多危險嗎？」

我從來沒看過她這麼生氣，頓時，我所有的努力都在這瞬間被否定了。

我愣在原地，是不是不管我多努力，都無法改變爸媽？

「是媽媽對不起妳們。」忽然，媽媽抱著我們三個哭起來，夕旖和之杏眼睛眨呀眨的，一點也不明白發生了什麼事。

夕旖甚至天眞地抓著我的衣角，對我說：「千裔，妳是我的偶像喔。」

「我最喜歡千裔了。」之杏抱著我。

我眼眶泛紅，心中只有悲傷。

當天夜裡，媽媽來到我的房間，我緊閉雙眼，裝作睡著了。

「千裔，一直以來妳都太過努力了……媽媽眞的對不起妳。」她的聲音哽咽。

而我翻身，將自己的臉埋進棉被裡。

是我對不起爸媽、對不起夕旖、對不起之杏。

我並不是偶像，因爲即便再怎麼努力，我也無法改變爸媽的關係。

那，我又何必去在乎呢？

媽媽大概知道我沒有睡著，她走到書櫃前，抽出了一本童話故事書。

「於是，睡美人陷入永遠的沉睡，整個王國也都陪著她沉睡了，只能等待有天出現一名王子給予她眞愛之吻，來解開這個魔咒……」

睡美人在漫長的沉睡之中，究竟有沒有做夢呢？

她是眞正睡著了，還是陷入了漫長的夢境？

而那個夢是噩夢，還是美夢？

入睡之後，我能遺忘這令人傷心的一切，做一個更好的夢嗎？

睡吧，只要睡了，也許就可以忘記所有事了。

我閉上眼睛，強迫自己睡去。

但這個世界並不會陪著我沉睡。

「妳總是看起來很想睡的樣子呢。」

穿著高中制服的藍英倉，蹲在走廊邊對我說。

我猛然睜開雙眼，發現外頭天色已黑，昏暗的房間裡只有從窗外落進的微弱路燈光芒，隱約間可以聽見客廳傳來笑聲。

我拿起一旁的手機，現在是晚上八點半。我用手指梳了幾下頭髮，從床上坐起來，按下電燈開關，房內瞬間大亮，我的眼睛一時無法適應光線，反射性瞇起。

「千裔，妳醒了？」尚閎輕敲房門。

「嗯，你可以進來。」

他輕輕推開門，穿著睡衣的他頭上蓋著毛巾，渾身散發淡淡的沐浴乳香氣，「很累嗎？要不要我幫妳放洗澡水？」

「不用，我簡單沖一沖就可以了。」我微笑。

「嗯，如果餓的話，冰箱裡有湯，可以熱一下，還是我幫妳……」

「尚閎。」我打斷他，「眞的沒關係，你啊，有時……」

他歪頭，而我打住了話，「算了，沒什麼，我去洗澡。」

「嗯。」他關上門。

看著尙閎，我常會想到小時候的自己。

小心翼翼、努力試圖改變現況，最後卻徒勞無功。

十歲才來到我們家的尙閎，怎麼可能輕易地完全接納一切？

若父母之間的關係會影響孩子的感情觀、若童年的記憶將影響一個人的性格，那被拋棄的陰影，是否就一輩子跟著尙閎了呢？

我小時候所想的是，如果我乖的話，爸媽也許就能跟其他人的爸媽一樣了。

而尙閎想的大概是，如果我乖的話，就不會被拋棄了。

所以，他戰戰兢兢地愛著我們。

「戰戰兢兢的愛也是愛呀，那有什麼不好嗎？」

我一愣，抬起頭環顧四周，房裡並沒有其他人。

我不自覺扯出一個笑，走向書櫃。

《睡美人》這本書依舊放在裡面，在媽媽念了這個故事後，我就沒有再讀過了。

我伸手取下擺在《睡美人》旁邊的高中畢業紀念冊，放到書桌上翻閱。屬於高三誠班的頁面映入眼簾，看著大家快樂的笑容，所有人的青澀臉龐上似乎都洋溢著不知憂愁爲何物的天眞。

下一頁是全班的大頭照，下方有每個同學的名字，我面無表情的模樣與旁邊笑得燦爛的李妍蓁形成強烈對比。

再下一頁是全班的日常照，包括畢業旅行、團康活動以及課堂上的照片等。

每張照片裡幾乎都有藍英倉的身影，他唯一沒出現的地方，只有大頭照那頁。

其中一張的畫面是他與我站在水池邊，我們都開心地笑著。我記得拍下這張照片的人是李妍蓁，當時她戲謔地說：「這對小情侶，轉過來吧。」

而我和藍英倉都只覺得這個稱呼很好笑，還要她別鬧了。

這是多久以前的事了？

十七歲，明明好像距離不遠，但其實已經過了五年。

藍英倉甚至都不在這個世界了。

「妳想過如果有一天，自己從這個世界上消失了，結果會怎麼樣嗎？」

說著這句話的他坐在床上，身形是如此單薄，彷彿風一吹就會消散。

我那時是怎麼回答他的呢？

第三章

「孟千裔，妳總是擺著一張臭臉呢。」

「啊？」我轉頭，看著眼前那一頭亂髮、掛著痞痞微笑的男孩，他的眼角有顆像是墨水不小心滴落的淡淡淚痣。

「我說妳呀，到底是在發呆，還是在擺臭臉？」他坐到一旁的桌子上，還直接拿起放在桌上的飲料喝。

「祁民會生氣喔。」我提醒他。

「我和祁民是好朋友，他不會介意我喝他的飲料。」他賊賊一笑，眼睛彎得像新月一般，左邊眼角的淚痣隱沒到了眼尾的細紋裡頭。

「對，前提是那杯飲料不是一杯八十的手搖飲料，而你也沒有一口氣喝完。」站在講臺上的祁民雙手環胸。

「哇！你什麼時候在那的？」男孩大笑，晃晃手中的飲料，「我眞的喝完了。」

「藍英倉，放學後賠一杯給我。」祁民以命令的口吻說。

「我只喝了一口耶，你本來就快喝完了，少敲詐。」藍英倉站起身，拿著飲料杯往教室後方用力一擲，準確地將杯子丟到垃圾桶中。

「三分球！萬歲！」他高舉雙手，曾頡佑很有默契地過去與他擊掌。

「放學打籃球啊！」理了顆平頭的曾頡佑是籃球校隊，他擁有黝黑的膚色，牙齒又非常白，笑起來總被人說是黑人牙膏。

「不行，放學要被祁民敲詐。」藍英倉一本正經地搖頭拒絕。

祁民不理會他，逕自轉身將老師交代的作業內容寫在黑板上。

「喂，孟千裔，所以說，妳這表情到底是臭臉還是在發呆？」藍英倉又問我。

「我就長這樣。」我懶得多說。

「我從來沒看妳笑過耶！」他大聲嚷嚷。

「我笑過啊，你有病喔。」

「我不是說冷笑、皮笑肉不笑、禮貌性微笑那種，是發自內心的大笑，就像這樣。」他挺起胸膛，用力地「哈哈哈哈哈哈哈」狂笑。

「藍英倉，你神經病喔！」

「吵死了！」

幾個同學對藍英倉罵道，但也有些人跟著笑了，過沒多久，藍英倉這白痴般的笑法居然感染了所有人，全班都笑了起來。

「只有妳冷眼看我！」他指著我，那顆淚痣藏在眼尾的細紋內。

「白痴。」我撇過頭，專心將黑板上列出的作業項目抄在聯絡簿。

藍英倉是開學兩個禮拜後才轉學進來的，他自我介紹時表示之所以會晚兩個禮拜，是因爲他睡過頭了，這個理由馬上被眾人吐槽：「你以爲自己是睡王子嗎？」

「睡王子聽起來很低級耶，可以睡公主嗎？」他賊賊回應。

「這聽起來更低級！」同學們哈哈大笑。

就因爲這樣，藍英倉很快和大家打成一片，彷彿少了那兩個禮拜的相處時間完全沒有影響。

他天天頂著一頭有如鳥巢的亂髮，並總是說：「這叫自然捲，跟道明寺一樣。」

「那你有跟道明寺一樣有錢嗎？」李妍蓁打趣地問。

「財不露白，尤其我看妳也不是杉菜那型。」藍英倉挑眉打量李妍蓁。

雖然才十六歲，李妍蓁的打扮卻一點也不像清純的學生，不僅頭髮染成淺粉紅色，還畫了眼線以及紅脣，因此她經常被教官關切，連父母都被請到學校好幾次。

不過李妍蓁的父母完全採放任式教育，甚至這麼說：「我的孩子成績不錯，也沒有不良行爲，爲什麼不能讓她打扮成自己喜歡的樣子呢？」

「這會影響到其他同學……」

「那她的好成績與操行有影響到其他同學嗎？」

這句話堵得教官與老師啞口無言，最後只能睜一隻眼閉一隻眼，畢竟髮禁早已解除，也沒有理由限制學生的裝扮。

只是除了李妍蓁以外，就沒有其他像她一樣大膽又理直氣壯的學生了，於是她成了學校裡的風雲人物之一，雖然大多數的人對她的觀感都偏向負面。

而我雖然不至於沉默寡言，但話的確不多，所以在班上一直沒有特別要好的朋友，也沒有交惡的同學。

在學校的時間我多半都在看書，無論是學校的課本或是課外讀物。

我喜歡書中的世界，裡頭既遼闊又自由，許多故事雖然殘酷，其中卻仍然埋藏著希望，無論主角的遭遇多麼悲慘，總能有夥伴伸出援手，通常結局還是正義會獲得勝利、主角會得到救贖。

「我好像從來沒有跟妳說過話。」

藍英倉第一次來找我講話，是在他轉到我們班一個月後。

我的視線從書頁上移開，正納悶藍英倉怎麼會和我搭話時，他又接著說：「我聽李妍蓁說妳是班上的優等生，所以妳成績很好嘍？」

「祁民才是第一名。」我說。

「真的假的？那他每天這樣跟我玩難道是要讓我掉以輕心？他還說他都沒念書！」

他怪叫起來，如同我對他的印象一樣，很吵。

我不理會他，再次低頭閱讀手上的書，然而藍英倉很沒禮貌地直接將我的書拿過去，翻到封面。

「喂！」我喊了聲。

「《蒼蠅王》？我知道這本書，可是這是很久以前的作品耶！」

他的話讓我揚起一邊眉毛，「你看過？」

他坐到我前面的位子，一隻手撐著下巴，「難道妳覺得看起來痞痞的人就不會看書嗎？這是刻板印象。」

「所以你也知道自己看起來痞痞的了？」我不客氣地回應。

他聳聳肩，「一直都知道。」

「喂，英倉，你不是要一起打球？」祁民拿著籃球從窗戶探頭進來，瞧見藍英倉在和我說話，他眉頭一皺，完全沒有掩飾自己的態度。

「喔，差點忘了！」藍英倉跳起來，將書本翻回我讀到的那一頁，對我揮手，「下次再聊。」

沒有下次。

我心想，但只是繼續看書。

藍英倉走出教室，和祁民勾肩搭背地往樓梯跑去。

「你幹麼跟孟千裔講話？她有夠沒禮貌的。」祁民大聲說。現在是怎樣？到底誰才沒禮貌啊？

「會嗎？我覺得她很有趣啊！」藍英倉沒有附和，這令我感到不可思議。我剛剛說的話哪裡有趣了？

從此之後，藍英倉有事沒事就會過來和我搭幾句話，我始終保持冷淡的態度，不予任何多餘的回應，然而他完全不在意。

他也不是特別關注我，我曾經觀察過，他每天都一定會跟班上的同學說話，對象並非只限於和他比較要好的同學，而是每一個人。

「李妍蓁，妳今天髮色一樣很引人注目喔！」

「祁民，我覺得你籃球其實沒有打得很好。」

「曾頡佑，能不能告訴你們教練，我真的沒有打算加入校隊？」

「莫千繪，老師昨天是不是要妳在我上課打瞌睡時叫醒我？」

「陳萱汶，我不喜歡吃甜的東西啦！」

他會喊遍班上所有人的名字，和每個人都講上幾句，因此，同學們似乎都和藍英倉很要好，見到他也會主動打招呼和聊天。

只有我，一直以來都沒有主動和他說過話。

「孟千裔，妳又在看什麼書了？」

「關你什麼事。」我皺眉，「我不喜歡看書時被人打擾。」

「是嗎？」他又再次沒禮貌地自己伸手翻了我的書，「妳還沒看完《蒼蠅王》呀？那等妳看完以後，我們再來交換心得感想吧！」

「我才不……」話還沒說完，藍英倉已經跑出教室，去找隔壁班的人聊天了。

我瞪著他的背影，決定今晚回家就把這本書讀完，不再帶來學校。

「千裔，妳覺得我這樣畫好看嗎？」之杏拿著美勞作業來我的房間，四開的圖畫紙上以水彩畫出了一家人，分別是我們四個小孩以及爸媽，畫中的爸媽相親相愛牽著手站在一起。

「很漂亮啊，題目是什麼？」正在寫功課的我放下筆。

「我最愛的家人。」之杏燦笑，我不禁莞爾。沒想到現在國小六年級的美勞作業題目還這麼八股。

「畫得眞好。」我由衷讚美。

「千裔，那妳看我的呢？」有些圓滾滾的尙閎也拿著他的畫進來，與之杏不同的是，他是用蠟筆畫的，而且畫中的爸媽分別站在我們姊弟的左右兩側。

這個差異呈現出來的才是現實，我想之杏不是沒發現，只是不願面對。

「也很棒呀，我都不知道你們這麼會畫畫。」我誇獎，正巧從房門前走過的夕旖嗤之以鼻。

「你們兩個都十二歲了，還來問千裔畫得怎麼樣，長大一點吧！小孩子！」

「關妳什麼事，笨蛋夕旖！」之杏哇哇大叫。

「好啊，孟之杏，妳皮在癢了？居然敢罵我！」夕旖立刻衝進來，張牙舞爪地追著之杏跑。

「救命啊！千裔，救命！」之杏躲到我的椅子邊。

「別想躲在千裔後面，快給我過來！」夕旖捲起袖子。

「不要這樣啦，夕旖……」尙閎在一旁想制止又不敢制止，這一幕讓我笑了起來。

「好了，妳們兩個頑皮鬼別鬧了，把畫拿回房間收好，我們一起出去吃點心。」

「耶！那我要吃豆花！」之杏開心地拍手。

「我想吃麵線。」夕旖歪頭，「還是要甜不辣？千裔，妳覺得哪個好？」

「叫我不要什麼都問千裔，妳自己還不是一樣。」之杏吐了吐舌頭。

「臭小鬼！」夕旖又伸手要打她。

「那個，我不餓……」尚閎揉著圓圓的肚皮，言不由衷。

「不行，要一起吃喔。」我叮嚀，看來之杏又對尚閎說了傷人的話，對於這個忽然多出的「弟弟」，她還是不太能接受。

不過這只是時間早晚的問題，之杏和尚閎未來感情一定會變得很好。

我帶著三個令人操心的弟妹出門，往家裡附近的一條巷子走去，那裡有賣臭豆腐、麵線、豆花與甜不辣的攤販，選擇不少。

他們三個無論想點些什麼吃，都會先問過我的意見，我也樂於回應，看著他們開心的笑容，我感到十分快樂。

回到家時，爸爸已經回來了，他待在書房裡閱讀文件，我們幾個進去和他打招呼。之杏直接撲進爸爸懷裡撒嬌，夕旖則站在原地扭扭捏捏的，直到爸爸朝她伸手，「過來呀？」

聞言，夕旖才立刻衝過去抱住爸爸。她已經十四歲了，還是會想要被爸爸擁抱，人們都說擁抱是愛的表現，然而我總覺得彆扭。

「千裔？」爸爸朝我喊了聲。

「我剛剛吃了臭豆腐，身上很臭。」我笑笑地說，往後退了一小步。

爸爸愣了愣，很快又露出微笑，「我不介意。」

「我介意。」我抓緊自己的衣角，「我十六歲了，爸爸。」

爸爸頓時恍然大悟，這才意識到我已經是個少女，對於親密的肢體接觸有了不同的想法。他也許認爲，這是因爲我邁入了青春期。

但對我來說，其實無論是和誰擁抱、以什麼樣的方式擁抱，都令人感覺不自在。

「尚閎，你怎麼不過來呢？」爸爸轉而問尚閎，尚閎圓圓的臉上綻開笑容，跑了過去。看著他們三個被爸爸抱在懷中的樣子，我總覺得那裡沒有我插足的空間。

「媽。」

離開爸爸的書房，我看到媽媽踏進家門，她注視著鞋櫃裡爸爸的皮鞋，若有所思。

我喚她，她似乎被嚇了一跳，立刻拉上鞋櫃的門，看著我問：「是千裔呀，爸爸今天回來了？」

「嗯，他們在書房裡摟摟抱抱的。」我聳聳肩。

「你們晚餐有想吃什麼嗎？」媽媽走向廚房，看起來心情很好。

我們很久沒有全家人一起吃飯了，兩年前，尚閎剛來到我們家的時候，爸媽還會爲了他而每天一同用餐，那段時光雖然不尋常，卻又令人懷念。只是時間一久，爸媽又恢復了不同桌用餐的慣例，向來纖細敏銳的尚閎也沒多問。

「媽做什麼菜我都喜歡。」我揚起笑容，與此同時，爸爸和夕旖他們從書房走出來，當看見廚房裡的媽媽正穿起圍裙時，他似乎愣了下。

「你回來了呀。」媽媽的視線落在爸爸手上的公事包。

「嗯，不過我馬上就要出去了。」爸爸避開媽媽的目光，彎腰摸了摸夕旖他們三個的頭，「爸爸要出門嘍。」

「咦？爸爸你要去哪？明明才剛回來呀！」之杏抓著爸爸的手喊道，一邊對尙閎擠眉弄眼。

「對呀，一起吃飯吧，爸爸。」尙閎趕緊配合地開口，夕旖卻默默鬆開原本抓著爸爸的手，往後退了一步。

「我有很緊急的事情要處理。」爸爸溫柔地說，「我回老家一趟。」

「幫我跟爸媽問好。」媽媽點點頭，打開冰箱，沒再看爸一眼。

之杏癟嘴，夕旖板著臉，氣氛頓時僵了起來，於是我提高音量，笑著對爸爸說：「路上小心，辛苦了，爸爸。」

爸爸詫異地看著我，露出欣慰的笑，「謝謝妳，千裔。」

「爸爸，加油。」尙閎跟著說。

「下次我們再一起回去看爺爺奶奶。」夕旖也說。

「下次一定要一起吃飯喔，爸爸。」之杏鼓著臉頰。

我們目送爸爸離開，直到再也聽不見門外的動靜。媽媽打開抽油煙機，之杏和夕旖跑去搶電視看了，尙閎則進廚房幫忙。

我是姊姊，所以我要當好榜樣，負責緩和家庭的氣氛。

即使有我們這些孩子在，也無法改變爸媽不相愛的事實，然而這裡仍是我們的家。

✦

「那麼，關於這次園遊會我們班要賣什麼東西，大家有任何意見嗎？」班會時間，身爲班長的祁民站在講臺上詢問。

同學們你看我、我看你，就是沒人要發表意見，而我想到昨天在電視節目裡瞧見的特色咖啡廳，覺得似乎可以參考。只要有熱水壺和咖啡機就可以製作咖啡了，只是高中生對咖啡的接受度有多高呢？

我自己也不愛喝咖啡，而是比較喜歡梅子綠茶，但遲疑歸遲疑，我還是先舉手了。

看見我高舉的手，祁民有些不敢置信的樣子，「孟千裔，妳有什麼想法嗎？」

「賣咖啡呢？像咖啡廳那樣。」

不少同學轉過來瞥了我一眼，有人喃喃說：「誰要喝咖啡啊……」

「咖啡怎麼做？」

「而且成本好像很高。」

大家議論紛紛，我頓時有些窘迫，不知道該怎麼反應。我瞧見李妍蓁撐著頭直盯著我，淺色的粉紅髮絲襯得她的臉龐更加白皙，那異常高調的模樣卻依舊令人不敢恭維。

「咖啡廳駁回。」祁民毫不留情。

我咬著下唇，覺得十分沮喪，還有種難以言喻的情緒在胸口湧動。

「現在不是很流行吃下午茶嗎？不然做下午茶怎麼樣呢？」藍英倉忽然懶洋洋地開口，他一手搔著亂七八糟的頭髮，一手拿起自己桌上的咖啡牛奶，「咖啡加牛奶，會熱賣的吧。」

下午茶成本更高，還得做蛋糕、鬆餅之類的，他到底有沒有認眞思考？咖啡廳才是最適合的，只要準備咖啡就可以了。我忿忿想著。

「不錯呀！我喜歡拿鐵。」

「我喜歡咖啡歐蕾。」

「搭配蛋糕或是小餅乾怎麼樣？我家有烤箱。」

我瞪大眼睛，爲什麼馬上有好幾個女生附和？

「乾脆讓所有女生來當服務生，這樣客人應該會很多。」曾頡佑笑著說，「我們籃球隊的成員都說，一誠的女生顏值很高。」

「你以爲灌迷湯我們就會同意當服務生嗎？」李妍蓁撇撇嘴。

「對呀，我也可以說別班的朋友覺得我們班男生顏值很高，所以由男生當服務生呀。」莫千繪搭腔，陳萱汶在一旁嬌笑。

「男女生輪流嘛，班上的活動大家一起參與！」藍英倉站起身對所有人說，原本吵鬧不休的同學們都停了下來。

「既然英倉這麼說……」

「好吧，就分工合作。」

見大家達成共識，祁民吹了個口哨，在黑板上寫下「一誠下午茶」五個字。

「看來班長應該讓英倉當啊。」祁民故作無奈地搔著腦袋。

「不了，您能者多勞。」藍英倉拱手作揖，全班同學又笑了起來。

胸口那種說不上來的微妙感覺頓時轉為煩躁與憤怒，下午茶餐廳與咖啡廳明明差不多，為什麼賣咖啡不行，換成咖啡牛奶就可以？

是不是只要是藍英倉說的話，大家就會無條件贊同？

下課時間，我一如往常坐在位子上看書，一道黑影突然擋住視線，我不用抬頭也知道是誰來了。

「孟千裔，妳看完《蒼蠅王》嘍？」藍英倉的話音裡夾雜著咀嚼聲，似乎還有一些食物的碎屑掉到我的桌面。

「看完了。」在他伸手過來以前，我率先把書翻至封面，是史蒂芬・金的《鬼店》。

「這本我也看過，但是妳之前看完了那本怎麼沒和我討論？」

面對藍英倉理所當然的態度，我只覺得不悅，板起臉反問：「為什麼我要找你討論？」

「說真的，我們這個年紀會看《蒼蠅王》的不多欸，難得遇到看過的人，我當然會想要一起討論呀，畢竟這本書算是反烏托邦小說的一個指標……」

「你可以不要一直找我講話嗎？」我忍不住打斷他，「我說過了，我看書不喜歡被打擾。」

藍英倉沒被我冰冷的態度激怒，反而乖張地揚起笑容，饒富興味看著我，「我不是只有找妳，我每天都會跟每個同學說話。」

「那你可以跳過我，不需要跟我搭話。」

「為什麼，這不是差別待遇嗎？」他一副不解的樣子。

「你老是來找我說話，不就是因為只有我還沒被你收服？」

「收服？」這個字眼似乎讓他感到驚訝。

「難道不是嗎？班上所有人都和你關係很好，你一定為此沾沾自喜吧？每個人都喜歡你，每個人都像是你的應聲蟲，只有我從來不理你，所以你才會這樣糾纏我。」我刻意提高音量，除了說給他聽，也說給所有人聽。

「孟千裔跩什麼啊？」一句不滿的抱怨響起，來自陳萱汶她們那幾個女生的小團體。

雖然打扮沒有李妍蓁高調，但她們是班上勢力最大的小圈圈，以擁有漂亮臉蛋的陳萱汶為首，發言挺有分量。其中莫千繪總是率先替陳萱汶發話，剛才也是莫千繪出的聲。

「孟千裔，妳比我想像中還要自戀呀！」藍英倉突然哈哈大笑。

「你……」我氣得說不出話。

「我可沒其他意思，單純想和妳討論讀書心得都不行啦？」他聳聳肩，咬著麵包轉身離開教室，差點撞到從前門進來的李妍蓁。

「藍英倉，你幹麼？」

「沒啊，怎麼了？」藍英倉輕快地反問。

李妍蓁皺眉，她看著藍英倉的背影，似乎有些疑惑，但還是直接走回自己的位子趴下來睡覺。

「喂，孟千裔，妳不要以爲自己成績好就可以這樣目中無人。」莫千繪雙手環胸對我說。

「我有惹到妳嗎？」我淡淡回了句。

「妳影響到我們班的和諧。」莫千繪抬起下巴。

我不禁失笑，「什麼時候妳代表我們整個班級了？」

「妳這女人……」她走過來，似乎想要打我，但陳萱汶拉住了她。

「不要跟她吵啦。」她的聲音嬌滴滴的，也不知道是天生還是刻意裝的。

「哼。」她們那群人瞪著我，又碎念了幾句，轉而聊起其他話題。

我繼續看自己的小說，直到上課鐘聲響起才闔上書本放進抽屜，一抬頭卻正好和李妍蓁對上眼。

她一手撐頭，側著上身，注視我的目光裡帶著玩味，淺粉色的髮絲覆蓋在她的頰邊，看起來很美，卻也令她有種盛氣凌人的高傲感。

我瞇起眼睛，不知道她這樣看我多久了。這時她抬起另一隻手，對我揮了揮。

我不明白她的動作有何用意，所以只是撇過頭，拿出這堂課的課本，等待老師進教室上課。

決定在園遊會上販售下午茶後，班會時大家討論著如何分工，剛好有人家中經營烘焙材料行，能以成本價提供各項原料，而另一個同學家裡有烤箱，於是幾個會做餅乾以及簡單蛋糕的女生集合到那位同學家負責製作，剩下的女生便輪班擔任服務人員。

男生們則是負責拍照、設計海報以及採購其他物品，並且也分出幾個人當服務人員。

其實我會烤餅乾，家裡也有烤箱，但我不想提供場地給大家，加上烤餅乾組還有陳萱汶那群人，於是我佯裝什麼也不會，被分到了服務人員組。

「孟千喬。」在安排輪班的班表時，李妍蓁走到我旁邊，這是她第一次和我說話。她的聲音雖高亢，卻不令人煩躁，雙眼皮上畫著濃濃的眼線，睫毛長得彷彿能扎人。

我看著她，挑了挑眉。

「輪班要兩人一組，我和妳一組吧？」

「為什麼找我？」我很疑惑，我們之前從來沒有交集。

「因為我開心。」她微笑，那模樣有些性感。接著她逕自在小紙條上寫下我和她的名字，交給站在前方的祁民。

「妳跟孟千裔一組啊？妳搞得定她……算了，應該可以吧。」

「你擔心得挺多的。」李妍蓁一攤手。

確定了分組後，我拿起書包準備回家，李妍蓁又靠過來，「我們一起走吧。」

「爲什麼？」

「我們不是同組的嗎？本來也沒多熟，到時候要一起工作，總是得培養一下感情和默契啊，走吧。」她說得理所當然，不忘甩甩她的粉色長髮，我聞到一股甜甜的香氣。

我背起書包，倒也不是接受了她的提議，但我原本就要從教室後門離開，所以嚴格說起來，我們是一起走的沒錯。

「新組合耶！」我隱約聽見藍英倉在教室裡這麼喊。

我和李妍蓁走在馬路邊，路上的行人無一不對她的髮色多瞧幾眼，而李妍蓁毫不在意，抬頭挺胸邁著步伐。

「孟千裔，我們同班一陣子了，我對妳的印象是家裡有錢的大小姐，成績很好，溫室裡的花朵，我的理解應該沒錯吧？」她忽然開口，劈頭就是十分沒禮貌的問題。

「溫室裡的世界也很大，不是只有生活在外面的世界才辛苦。」我不高興地回應。

「我沒有惡意，只是我講話的方式就這樣。」她轉過頭，表情不帶諷刺，可也不是眞心對我感到抱歉。

「嘴上說著沒有惡意卻依舊出口傷人的人，我覺得同樣很過分。」

「妳也不差呀，說出的每句話也都傷人。」她笑著，「妳那冰冰冷冷的態度，不知道爲什麼我就是喜歡。」

「啊？妳傻了嗎，誰會喜歡別人態度冷冰冰的？」

「妳的冷漠是毫不在意任何事、是平等地對待每個人，無論是對交遊廣闊的祁民，還是班花陳萱汶，甚至是受歡迎的藍英倉，妳的態度都一樣，所以我覺得妳要麼是不在乎一切，要麼就是只在乎自己。」

我輕輕蹙眉。

「所以我覺得妳很有趣，和妳這種什麼都不在乎的人在一起，反而比較愉快呢。」她甩了甩自己的頭髮，「我可是知道的，許多人第一次見到我都會下意識地輕視和害怕，可是只有妳瞥了我一眼就沒再多看，好像我跟別人沒有兩樣。」

「難道我要一直盯著妳看，然後評論妳的裝扮才行嗎？」我越過她，逕自向前走。

「正是這樣才有趣呀，這讓我很想知道有什麼事情可以讓妳動搖。」她跟上我，「話說回來，妳有發現嗎？」

「發現什麼？」

她神祕兮兮地看著我，幾乎是用驚歎的語氣說：「藍英倉呀！他眞的是藍色的呢！」

第四章

我猛然睜開雙眼，從未拉緊的窗簾縫隙看見窗外天空已露出魚肚白，我揉著眼睛拿起枕邊的手機，時間顯示爲五點五十六分。

我居然沒有洗澡，就這樣躺在床上睡著了，甚至沒吃東西。肚子餓得發疼，於是我打開桌上的檯燈，披了件薄外套走出房間。

家中一片寂靜，讓我頓時有種回到小時候的錯覺。只要少了我們幾個孩子的聲音，這個家便彷彿一點人氣也沒有。

我來到廚房，從冰箱拿出牛奶並微波後，站在客廳的落地窗邊，看著天空越來越亮，慢慢地喝下牛奶。

洗了杯子，我走進浴室洗澡。就在我洗完澡回房一邊敷臉一邊吹頭髮的時候，夕旖的房門開了。她的腳步聲有些遲疑，接著輕輕的敲門聲響起，她不確定地問：「千裔，妳醒了？」

「進來吧。」

夕旖打開門，探頭看過來，即便剛睡醒，她的模樣依舊十分可愛。

「吹風機的聲音吵醒妳了嗎？」

「沒有，我今天早上有課，所以早點起來做瑜伽消水腫，還得好好化妝和按摩呢。」夕旖伸了個懶腰，「倒是妳，昨天那麼早睡，今天又這麼早起來，怎麼了？」

我停頓一下，然後微笑，「只是忽然很睏。」

「該不會是快感冒了吧？」夕旖說著就要踏進來。

「沒事啦，可能年紀大了，比較容易想睡覺吧。」我聳聳肩膀。

夕旖停下腳步，略帶狐疑看著我，「好吧，如果眞的有哪裡不舒服，一定要去看醫生喔。」

我點頭，夕旖離開時順便帶上房門，而我吁了口氣，撕下面膜看著鏡中的自己。

怎麼會夢到高中時的事情呢？

那些場景如此清晰，彷彿是眞實的一般，當時我與李妍蓁還沒成爲好朋友、還覺得藍英倉很煩，和班上的同學們也都還不熟悉。

我瞄了一眼放在書桌上的畢業紀念冊，是因爲睡前看了高中時期的照片，加上獲悉藍英倉的死訊，所以才會這樣嗎？

我深吸一口氣，然後重重地吐氣，把這個夢境拋到腦後，開始上妝。

當我打理完畢正要出門的時候，看見夕旖也在玄關穿鞋。

「妳準備得這麼快？」我打量她完美的妝容以及身上的小碎花洋裝。

「是千裔動作太慢了吧，我以爲妳早就走了。」夕旖的紅脣誇張地張成O形。

「那難得，我們就一起出門吧。」我笑著說。

「自從國中以後，我們就不曾一起去上課了！」在電梯裡，夕旖開心地表示。

「有嗎？」我的記憶中明明有穿著高中制服和夕旖走在一起的畫面。

我們繞過社區中庭的噴水池，警衛先生剛好在幫其他住戶打開大門，我向他說聲辛苦了，夕旖也對警衛微笑。

「難得看見妳們白天一起出門。」警衛先生在這個社區服務很多年了，也等於是看著我們長大，沒想到連他都這麼說。

「因爲我們現在上學時間不一樣啦。」夕旖給了警衛先生一個甜笑。

「妳們一下子就都長這麼大了啊。」他一邊笑著一邊再度幫忙打開大門，「路上小心喔。」

「謝謝，拜拜！」我們齊聲對他說。

走在前往捷運站的路上，我和夕旖提到我們高中時還有一起搭捷運上學過，她卻說沒這回事。

「是妳記性差還是我記性差？」我抬起一邊的眉毛。

「是妳記憶錯亂了吧，妳剛升高一的時候，我們的確還會一起出門，可是很快妳就改成和朋友一起上學了。」

我停下腳步，疑惑地看著夕旖，「有嗎？」

夕旖瞪大眼睛，滿臉不可思議，「等一下，千裔，妳是眞的不記得嗎？」

我愣了愣，用笑容掩飾，「怎麼可能什麼事都記得。」

「但忘記這個也太誇張了吧……」夕旖擔心地皺起眉頭，「妳是不是不舒服？還是別去上課，去看醫生好了？」

「沒事啦，我很好，也沒有發燒。」我躲開她伸過來想摸我額頭的手，「我是和誰一起去上學，妳記得嗎？」

「妍蓁姊呀，她那時的頭髮顏色好美，淺粉紅耶，我還一直覺得她是什麼仙子，可惜後來染回黑色了。」夕旖眼睛眨呀眨的，「說到這個，我忽然想染粉紅色了。」

「不要，妳現在這樣就很好看了。」我連忙反對。

夕旖吐吐舌頭，「還有一個頭髮很亂的男生也會出現。」

我心一驚，咬著下唇。是藍英倉。

「妳怎麼會知道我和誰一起上學？」

「因為我偷看過呀，站在家裡的陽臺偷偷看，想知道到底是誰搶走了我親愛的姊姊，讓我們不能再一起去學校。」她不懷好意地看著我笑，「我當初還以為很快就可以知道那個頭髮亂七八糟的男生是何方神聖，沒想到有一天他就不再出現了。所以他現在怎麼樣了呀？」

「離開了。」我簡短地回答，夕旖還沒追問下去，我已經跑過斑馬線，行人號誌燈隨即轉為紅燈。

「千裔！」她在馬路對面朝我大喊。

「我趕時間，先走了！」我對她揮手，趕緊跑進捷運站。

爲什麼對於曾經和李妍蓁以及藍英倉一同上學這件事，我會一點印象也沒有？我明明如此懷念高中生活，明明覺得那是最快樂的時光，爲什麼記憶卻這麼模糊？

我拿出手機打算詢問李妍蓁，但訊息輸入到一半，我又停下來，猶豫了一會後把整段文字刪去，並關閉螢幕。

捷運進站的提醒音樂響起，隨之而來的風將我的頭髮吹亂，我的身影映在一格一格的車窗上，彷彿仍穿著高中制服。

✦

「千裔，早安。」一看到高元瑋露齒燦笑的模樣，我就知道肯定沒有好消息，而且他的態度異常熱情，雙眼閃閃發亮似的。

「怎麼了嗎？」我嘆口氣。

「不愧是千裔，馬上就知道我有事要說。」他坐下來，左右張望了一下，「宣甯還沒來？」

「可能晚一點吧。是社團的事情嗎？」

「對，原本明天是我和莞竹去動物之家，讓妳和宣甯休息對吧？」我點點頭，他繼續說下去，「不過莞竹臨時不能去了，妳可以幫忙嗎？」

「沒問題呀，莞竹怎麼了嗎？」我把下堂課的課本拿出來放在桌上，高元瑋瞥了一眼。

「她昨天騎腳踏車摔倒，手和腳都有點扭到，所以不太方便。」他邊說邊在自己的背包裡翻找著什麼。

「很嚴重嗎？」

「還好啦，沒傷到臉，也能走路，休息幾天就好。」他把背包裡的東西全部拿出來，然後抬頭，「我看錯課表了，沒帶課本。」

「沒帶課本會被念的，你去隔壁班借吧。」我隨口說。

高元瑋「噗」的一聲笑了，「又不是國高中的時候，我們沒有固定的教室能放自己的東西，如果別班今天沒有同一門課，他們也不見得會把課本帶在身邊啊。」

「對喔……」

「好懷念以前能把課本全放在抽屜裡面，要什麼有什麼。」他把東西統統收回背包裡，起身來到我旁邊的位子坐下，「雖然上了大學也很快樂，可是總覺得國高中才是最無憂無慮的時候。」

「我倒覺得你應該都過得挺開心的。」我側頭看他，高元瑋臉上總是掛著笑容，我想所謂的陽光男孩，指的就是他這樣的人吧。

「是滿開心的，我只是說那種感覺，妳應該懂吧？無論是心靈上的快樂程度，還是與朋友之間的感情和相處模式等等，都是國高中時代最好，單純又不受拘束。」看著高元瑋嚮往的表情，我扯了扯嘴角。

「那可眞是抱歉，讓你在無趣的大學時代遇見我。」

他瞪大眼睛，「孟千裔，話不是這樣講的喔。」

我笑了起來，「我開開玩笑。」

「妳的玩笑一點也不像玩笑呀！」他微微一愣，鬆了口氣。

「那我們約幾點？直接約在動物之家嗎？」

「一樣先吃早餐……」

「那就在對面那家早餐店吧。」我拿出手機，想把這個行程加入行事曆備忘。

「等等，會合的時間和地點我再另外告訴妳。」

「爲什麼？」

「因爲……黃宣甯來了。」高元瑋抬起一隻手，朝我後方揮了揮。

「你怎麼坐這邊？」戴著帽子的黃宣甯走到我另一邊的位子坐下，看著高元瑋。

「我忘記帶課本了，打算和千裔一起看。」

我挑眉，所以他才坐到我旁邊？

「我覺得趕快去影印今天要上的內容比較好，否則你等一下會被教授念。」黃宣甯的想法和我一樣。

「我都二十三歲了，還怕被念嗎！」高元瑋挺起胸膛，說得理直氣壯。

我把自己的課本交給他，「所以，要不要去影印？」

「……要，謝謝。」高元瑋雙手接過我的課本，跑出教室。

「果然還是怕被念嘛！不管是什麼年紀，都沒有人不怕被碎碎念的。」黃宣甯竊笑，接著突然有些尷尬地看著我，抿了抿脣。

她大概想起了之前一起吃下午茶時，我說的那些話。

其實沒什麼好尷尬的，我早就習慣了這樣的家庭，也不覺得受傷，但聽在父母相愛的人耳中，可能很難不感到不可思議吧。

「千……」

「對了，明天換我和高元瑋一起去動物之家。」我搶先岔開話題。

「爲什麼換成妳？」黃宣甯很快被轉移注意力，明白原因後，她立刻傳了LINE訊息慰問羅莞竹。

「眞是丟臉，是我自己打滑摔倒的，要麻煩千裔了。」

羅莞竹發了張臉紅的貼圖，此時高元瑋剛好回到教室，說了句「謝謝大恩大德」並將課本還給我。

開始上課後，我打開課本，這才發現他居然在我的課本上畫了一隻狗，我轉頭想叨念幾句，卻見到他趴在桌上睡著了。

他的睡臉朝向我，可以清楚看見長長的睫毛，以及嘴角的小小凹陷，那似乎不是酒窩，比較像是因爲常掛著笑容而產生的痕跡。

他大概是我遇過最愛笑的男生了，臉上永遠都是笑容。算了，就不計較他在我的課本上塗鴉了，至少畫得還不錯，是一隻大黑狗吐著舌頭奔跑的模樣。仔細一看，不就是我們的校犬小黑嗎？

我揚起微笑，拇指撫過小黑的圖畫，然後專心抄起筆記。

當晚我收到高元瑋的訊息，他附上了地圖連結，和我約定九點在某個地點會合，那裡離動物之家不算遠，但也有一段距離。

「那是哪裡？爲什麼要約在那？」我回覆。

「來了就知道啦，別遲到嘿。」

「我又不是宣甯。」

「哈哈，明天見。」

我自行搜尋了一下，發現是家早午餐店，於是我再度傳訊，問他約在那家店幹麼。

「宣甯不是說妳嫌對面那家店的早餐難吃嗎？反正只有我們兩個，不會耽誤太多時間，就去那邊吧。」

看著他的回應，我心裡隱隱覺得有些不妥。

和一個有女朋友的人一起吃早午餐，這怎麼想都不太恰當吧？

我正準備謊稱明天家裡會準備早餐，這時高亢瑋又傳來訊息。

「那間我和莞竹去過，她說算是為臨時麻煩妳賠罪，所以明天就讓我請客吧。」

如果羅莞竹也知道那就不要緊了。於是我回覆沒問題，並且要他別客氣，再聊了幾句之後，我們便互道晚安。

躺到床鋪上之前，我瞥了眼已經被我放回書櫃的畢業紀念冊，打消了再次拿下來翻閱的念頭。

那宛如現實的夢境讓我有些害怕，我一點也不希望想起當年的事情了。

或許真的是因為沒有看畢業紀念冊的關係，一夜無夢，隔天我精神飽滿地準時起床，簡單梳洗後前往和高亢瑋約定的地點。

我還等著過馬路，就看見他騎著機車的身影出現在對面，他將車停在店門口，並拿下安全帽。

他怎麼會騎機車來？這樣我們等一下是一起坐公車去動物之家，還是坐他的機車？

可是這樣很奇怪吧，高亢瑋有告訴羅莞竹這件事嗎？

各種念頭在我的腦中打轉，這時高元瑋發現了我，於是高舉雙手朝我猛揮，動作之大引起了許多路人的注意。

我覺得彆扭，趕緊要他別再揮了，並小跑步穿越馬路。

「天啊，你動作好大！」我小聲說。

「哈哈，很丟臉嗎？我怕妳沒看見呀。」他依舊掛著微笑。

「不是丟臉，只是……」

他把安全帽放到機車座墊上，「走吧，我和動物之家約十一點半過去。」

我跟著他踏進店裡，這家店的裝潢以藍和白為主要色調，每張椅子都鋪有色彩鮮豔的椅墊，服務生領著我們來到兩人桌，曾經來過這家店的高元瑋向我介紹餐點。

我看看周圍，全是情侶或女孩子，頓時更加覺得自己和高元瑋在這裡相當怪異。

「怎麼了，千裔，妳不喜歡這裡嗎？」高元瑋注意到我的不對勁。

「沒有，我只是覺得……」我停頓了一下，「很怪而已。」

「很怪嗎？這間店我覺得還不錯啊，還是妳喜歡那種風格很華麗的店？」高元瑋誤解了我的意思。

「不是啦，我是指我們兩個在這很奇怪。」

他一怔，接著露出恍然大悟的表情，「啊！妳是那個意思喔。」

服務生很快送上餐點，食物的擺盤十分具有巧思，是放在木製砧板上，內容也很豐盛，除了兩顆水波蛋以及生菜沙拉以外，還搭配了炒菇、薯條跟新鮮水果。

要是和黃宣甯一起來，她不拍上個十幾二十張照片肯定不會罷休，而李妍蓁則是會乾脆地直接開始吃。

見高元瑋沒有動刀叉，於是我也沒開動，他稍稍歪頭問：「妳不拍照嗎？」

「我沒有這個習慣，你是在等我拍照嗎？」

「對呀，每次和莞竹或是其他人聚餐時，女生總是會拚命拍照，所以我習慣先讓大家拍完再吃。不拍的女生還眞少見耶！」他看起來很開心，馬上拿起刀叉大口享用，「我每次都等到快要餓死了，但我第一次因爲餓而催促她們的時候，居然被罵了，所以後來我就學乖了。有次我點焗飯，等女生們拍完照，起司都冷掉了，變得超難吃的，從此和女生吃飯我再也不點焗烤類了。」

高元瑋嘰哩呱啦講了一長串，仔細想想，我好像從來沒有和他單獨相處過，雖然他平常就是話多的人，不過我沒料到話居然能這麼多。

我只是笑了下，然後吃了些生菜。

「這麼說來，這將近四年以來，好像都沒看過妳交男朋友，或是和其他男生走得很近，所以今天大概也是妳第一次單獨和男生吃飯吧？」

他忽然話鋒一轉，讓我差點嗆到。

「我不是第一次單獨和男生吃飯。」我看著高元瑋，不想被他認爲我是什麼深閨大小姐。

「可是妳覺得這樣很怪對吧？是跟任何男生單獨吃飯都很怪，還是因爲對象是我，所以才奇怪？」他聳聳肩，臉上笑容不減。

雖然以前我和藍英倉單獨吃飯的時候，也有彆扭的感覺，但原因好像不太一樣。

「是因爲對象是你。」最後我回答。

「因爲我有女朋友的關係？」他大口吃著自己的炒蛋。

「嗯，這樣很不妥當。」

「每個人的想法都不同呢，有些女生覺得和有女朋友的男生吃飯比較放心，認爲這樣就不用擔心對方有非分之想。有些女生和妳一樣，覺得和有女朋友的男生單獨吃飯不好，應該要避嫌。」

我點頭，「就是這種感覺吧。」

「不過千喬，我倒覺得不需要在意這麼多，難道有了男女朋友就不能交朋友了嗎？本來就該廣結善緣。」

這句話讓我笑了出來，高元瑋滿臉疑惑，「怎麼了，我說了什麼好笑的話嗎？」

「你說……你說廣結善緣，哈哈哈，這種話怎麼會從一個二十出頭的男生嘴裡說出來？哈哈！」我笑個不停，氣氛因此輕鬆起來。

「孟千喬，我從以前就覺得，妳好像很ㄍㄧㄥ一樣。」他的態度也放鬆下來。

「妳在ㄍㄧㄥ屁喔。」

這句話從腦海中一閃而過，藍英倉也曾經這樣對我說。

我的笑容頓時變得不自然，也吃不下眼前的食物了。

「怎麼了嗎？」高元瑋再次敏銳地注意到我的情緒變化。

我連忙搖頭，「沒事。」然後硬是塞了好幾口東西到嘴裡。

「沒事就好。總之，其實妳可以敞開心胸和異性相處，反正無論發生什麼狀況，都會有解決的方法，雖然都說防患未然，但總不能就這樣拒人於千里之外吧？」

「等一下，我怎麼聽不懂你在說什麼？」

正在啃雞腿的高元瑋停下動作，模樣看起來很滑稽。

「妳不是怕男生喜歡上妳，所以才避免和男生單獨相處嗎？」

我再次因為他的話嗆到，咳了好幾聲後，立刻瞪大眼睛看著他，「才不是，我沒有那麼自戀好不好！」

「要不然是為什麼？我誤會了嗎？」

「為什麼從剛才的對話之中，你會得出這樣的結論啊！」我簡直不敢相信。

「我常聽不懂女生想表達什麼呀，像是莞竹也老是說我都誤解她的意思，我倒覺得是妳們女生太麻煩了，話都不好好講清楚。」高元瑋抱怨，指了指我盤中的薯條，「妳不吃薯條嗎？」

「一大早不太想吃炸的食物。」

「看，這不就可以說得很清楚了嗎？」說完，他拿著叉子伸手過來叉我的薯條。

「喂！」我大喊，他嚇了一跳，但還是將薯條塞進口中。我質問：「你爲什麼吃我的薯條？」

「妳不是不吃嗎？這樣很浪費耶。」他說。

這傢伙到底對男女之間該有的界線有沒有概念？

「高元瑋，這樣不好，你不應該吃女生的東西。」我認眞地說。

「有什麼不好？我也會這樣吃莞竹的東西啊！」

「羅莞竹是你的女朋友，那不一樣。」

「可是其他女生也會自己把不吃的食物丟到我碗裡，像我妹或是鄰居的姊姊，她們都是這麼做的。」

是因爲太常和女生相處了，所以高元瑋才不懂得保持適當距離嗎？

「莞竹想必很辛苦吧。」我不由得這麼說。

「會嗎？」他又哈哈一笑，「如果和女生說話跟考試一樣，每個問題都一定有個正確的回答方式，那就好了。」

「怎麼可能。」他的說法讓我笑了。

「所以孟千裔，妳不要太在意和男生單獨相處，雖然還是要懂得保護自己，可是如果是我的話，妳可以放心啦，我又不會欺負妳。」他喝掉最後一口飲料，「應該也不會喜歡上妳。」

我怔了怔，「爲什麼特地這麼說？」

「避嫌呀！」就算說出這麼莫名其妙的話，他依然在笑，我覺得高元瑋根本就是個笨蛋。

「加上應該兩個字一點說服力也沒有。」眼看吃得差不多了，我算好自己餐點的費用交給他。

「我請妳呀，都說當作是臨時要妳來的賠禮了。」他將錢推回來。

「沒關係，我本來就是搖尾巴社的一員，不需要這樣。」我堅持把錢給他。

「好吧！跟女生推來推去太難看了，我就收下了。」他背起背包，結帳完畢後，我們一起走到店外，他從機車座墊下的置物處拿出另一頂白色的安全帽。

果然是要坐他的機車過去。

「這是莞竹的安全帽，當然也經過莞竹同意了。」他似乎察覺到我的顧慮。

但就算羅莞竹同意，內心一定還是不舒服的吧。

早知道我的腦中會有這麼多小劇場，就不要答應來幫忙了。也罷，都到了這個地步，只能認命了。

我戴上安全帽，跨上高元瑋的機車後座，盡量不讓自己的身體碰觸到他，手也刻意抓著後方的扶手。

前往動物之家大約需要十五分鐘的車程，一路上我都沒有說話。因爲繃緊著身子保持同樣姿勢，我的身體變得十分僵硬，還沒開始工作就有些腰痠背痛。

抵達之後，我們先去辦公室報到，其他志工也在。在簽到簿上寫下就讀的學校以及姓名後，工作人員分別發給我們一件防水圍裙，並提供了兩雙雨靴。
「請你們兩個幫那群狗狗洗澡，可以吧？」一位年輕的小姐對我們說。
「沒問題。」
「有隻新來的米克斯比較有攻擊性，你們要小心一點，別被牠咬傷了，如果眞的沒辦法應付的話，那隻狗留給我們洗也可以。」她提醒我們。
「放心，有愛就能感化！」高元瑋拍拍胸脯，一副自信滿滿的樣子，對方被逗得笑了出來。
我將長髮盤成丸子頭，穿著尺寸過大的雨靴，像企鵝一樣有些搖搖晃晃地往外走。
高元瑋提著裝有水管的桶子，裡頭還有幾個大刷子，我則拿著兩雙橡膠手套。
有些狗兒因爲在外流浪太久，毛都打結了，或是罹患嚴重的皮膚病，所以一般會先讓與動物之家配合的獸醫進行診斷，並餵食藥物，之後再由專人替牠們清理身體。
而其他狀態健康的狗兒，才會交給我們這些志工幫忙洗澡。
我們決定先從小型犬開始，在把牠們從籠子裡放出來前，我們先蹲在籠子前和牠們說說話，以降低牠們的戒心。
其實只要動作輕柔，別嚇到牠們，幫狗洗澡並不難。我和高元瑋將桶子蓄滿水，原本想戴上橡膠手套，卻發現這樣動作起來很不靈活，牠們也會感到不舒服。
所以我脫下手套，高元瑋嚇了一跳，「這樣不好吧！」
「爲什麼不好？」

「牠們身上可能有細菌。」

「一定有的，不過我最後再仔細把手洗乾淨就好。這雙手套太大了，很不方便，如果有手術用的那種手套就好了。」我說完便把手貼在小狗身上，用水輕輕帶走泡沫，順便為牠按摩。

看小狗似乎很舒服的樣子，高元瑋索性也脫了橡膠手套，我挑起眉毛，「你幹麼也跟著這樣？」

「我覺得妳說的有道理呀！」他笑著，耀眼的陽光從他背後照來，逆光讓我無法看清他的臉。

我因為強光而瞇起眼睛，這時忽然有隻大狗興奮地撲過來，高元瑋手上的水管一歪，水噴到了我的褲子。

「哇！」

「啊！」

「天啊，對不起對不起，你們還好嗎？」原來是另外兩個志工正要帶狗出去散步，見大狗闖了禍，他們慌張地跑來道歉，並趕緊撿起牽繩。

「沒關係，太陽很大，一下子就乾了。」高元瑋代我回答，手還指了指天空。

「需不需要我去拿毛巾？」其中一人說，還是很不好意思的樣子。

「不用了，我們正在幫狗洗澡，多少也會被弄溼，你們快去遛狗吧。」我跟著說。

「眞的很抱歉。」對方又道歉了一次，而後兩個人牽著八隻狗離開了。

「你居然擅自幫我回答。」等他們走遠後，我才對高元瑋說。

「妳也沒生氣啊。」高元瑋輕笑，再度蹲下來幫小狗洗澡，「我跟妳一起被弄溼不就好了？」

見他態度輕鬆，一點也不介意自己的衣服溼掉，我不禁說：「之前大家一起來當志工的時候，你從來沒有負責幫狗洗澡過，我一直以爲是因爲你不喜歡被弄髒。」

「喔，是莞竹不喜歡啦，所以我也配合她。她對身體被弄溼這件事很不能接受，連下雨天也討厭，只有洗澡除外。」他說到情況最誇張的時候是高中時期，當時梅雨季讓羅莞竹完全不想出門上學，高元瑋每天都要在她家門口等上半小時，她才會出來。

「你很疼她呀。」我將洗乾淨的狗兒抱到旁邊可供奔跑的廣場上。

「是嗎？」他也將一隻狗抱進廣場，然後將柵欄門關上，兩隻小狗在廣場中快樂地彼此追逐，在大太陽底下，毛很快就會乾了。

「是呀，感覺很寵溺，你們應該交往很久了吧，從國中到現在？」對我來說，這是很不可思議的事，人們都說愛情有保存期限，然而他們的愛卻維持得這麼長久。

他歪了歪頭，似乎在想些什麼，然而只是傻氣地一笑，「走吧，我們還有很多隻狗要洗呢。」

一個下午，我們大概幫了十隻左右的狗洗澡，最後剩下一隻縮在大籠子的角落，應該就是那位小姐所說的新來的米克斯。

「怎麼辦？要幫牠洗嗎？」高元瑋問。

「你不是說有愛就能感化？」我有些嘲諷地反問。

「那好，我進去。」他還眞的要伸手打開籠子，米克斯隨即低吠起來。

「等等，不要好了，算了吧。」我制止。

「怎麼了？」

「如果眞的被咬的話得不償失，交給他們處理就好。」我脫下圍裙。

「眞的？要這麼輕易放棄嗎？」他抓了抓後腦，又看了眼籠子裡的米克斯。

角落處十分陰暗，陽光幾乎照射不到，我只看見一雙因反光而發紅的眼睛，牠低嗚的聲音聽起來顫抖不已。

用愛來感化，大概是我聽過最好笑的說法了。

愛不是萬能。我冷眼看著那隻狗，彷彿看見自己。

我們回到辦公室向那位小姐表示工作已完成，順便提到那隻狗沒有處理。

看起來大約三十歲的小姐在我們簽了名的紙張上蓋章，「那隻狗是被自己的主人帶來動物之家的，也許是曾經愛得多深就恨得多深吧，牠現在完全不信任人了。」她一邊說一邊向我們道謝，「你們眞善良，幾乎每個禮拜都輪流過來幫忙。」

「還好啦，我們社團成立的宗旨就是盡力照顧流浪動物呀！」高元瑋笑得很開心。

回程的路上，我要高元瑋送我到捷運站就好。他原本堅持送我回家，但我婉拒，接著意識到這樣又說得不夠明白，所以乾脆直接對他說：「送我回家眞的太怪了，我想即便你跟莞竹報備過，她也同意，她心裡一定還是會很不愉快。」

我指了下自己頭上的安全帽，「光是把安全帽讓另一個女生戴就很不OK了。」

「哎呀，所以她在氣這個嗎？」他恍然大悟。

「她在生氣？」

「回我LINE的語氣很冷淡啊，哈哈，原來是這樣。可是我沒有其他安全帽啊，昨天問她，她自己說可以的。」他聳聳肩，一臉無辜。

「你啊……」我已經不知道該怎麼說他了。

抵達捷運站，我下了車道別之後，他忽然又問：「所以千裔，妳最近怎麼了？」

「我？我有怎麼樣嗎？」

「妳看起來有點憂鬱，而且好像特別累，沒事吧？」

我下意識摸摸自己的臉頰，「我不是一直都是這樣嗎？」

「最近比較奇怪喔，應該不是因爲今天的事吧？不對，在今天之前，我就發現妳不太對勁了。」他坐在機車上看著我。

我突然覺得難以呼吸，彷彿有什麼東西卡在喉間，「也沒什麼，大概就是累吧。」

他輕輕微笑，「那快點回去休息吧，下個禮拜我會排宣甯和阿瑞當志工的。」

我扯扯嘴角，「要我再去幫忙也可以，那拜拜嘍。」

我走進捷運站，上了車找到位子坐下，緩緩吁了口氣。

總覺得，好累。

自從同學會那天之後，我就一直好想睡。

第五章

「藍英倉是藍色的？這是什麼意思？」

我看著李妍蓁，她微微睜大眼睛，滿臉不可思議，「我以爲妳也會發現呢！所以妳不覺得嗎？」

「妳是色盲嗎？」

我的問題讓李妍蓁哈哈大笑，「孟千裔，妳是在說笑話嗎？」

「我挺認眞的。」

「好吧，我原本認爲妳應該是觀察力敏銳的人呢，那當我沒說吧。」她聳聳肩。

我們一同朝捷運站走去，我有些訝異她也是搭車通學，「我以爲妳住在學校附近。」

「沒有，我家可遠了，妳在哪一站下車？」

我說出站名，李妍蓁聽了點點頭，「我家在妳家後三站。」

「差三站也還好。」

「要是沒有捷運，我的通車時間會變成將近一個小時，這樣就得早一個小時起床準備，所以我很感謝捷運。」她忽然雙手合十拜了拜。

「我以爲……妳會是更高傲的類型。」我喃喃說。

「是嗎？彼此彼此。」她笑了，笑起來的模樣還挺可愛的。

這是我上高中以來，第一次和同學一起回家，平常一個人搭捷運我大多都在看書，如今有人不停和我說話，讓我相當不習慣，可是這樣的感覺並不討厭。

「好啦，那我們明天見！」捷運抵達我要下車的站時，她揮手對我說。

「嗯，明天見。」我回應。

明天見，這句話如此自然，在學生時代，和同學們不都是每天見面嗎？

不過這話還是很讓人開心，我走在回家的路上，嘴角掛著笑意，這時有個人從我身後小跑步接近。

「千裔！」

「夕旖？妳今天這麼晚下課？」照理說這時間夕旖已經回到家了。

「今天和朋友繞去吃了點心。我剛剛在捷運站有看見妳喔！」

「妳繞去哪吃點心了？還要搭捷運。」夕旖念的國中就在我們家附近，所以我好奇地問。

「這不重要啦，千裔，那個粉紅色頭髮的女生是妳朋友嗎？那顏色好漂亮！我們學校雖然取消髮禁了，但其實還是不能染燙呀，眞是的！」她一邊稱讚李妍蓁的髮色，一邊抱怨。

回想起那個顯眼的顏色，如今我也覺得的確很漂亮。

「怎麼了？千裔，妳好像很開心。」夕旖歪頭。

「還可以啦。」我說。

回家的路上，我們看見之杏和尙閎走在前方不遠處，國小的他們穿著一樣的制服，尙閎微胖的身軀看起來像顆圓滾滾的小包子，而他背著兩個書包。

「嘖，之杏欺負他了嗎？居然叫他背書包。」夕旖說著，就要過去數落之杏，我趕緊拉住她。

「感覺挺可愛的不是嗎？」如果我們眞的有個親弟弟，之杏一定也會使喚他做事的，就像現在一樣。

「也是，如果我刻意叫她不要欺負尙閎，反而像是把尙閎排拒在外。」夕旖很快明白了我的想法。

所以我們就這樣，跟在他們身後默默守護著。

對於父母之間沒有愛情這件事，自從那次媽媽責罵我不該擅自開火之後，我便放棄試圖改變他們了。

隨著年紀增長，隨著我遇過的人、讀過的書越來越多之後，我漸漸明白了什麼，於是決定不去在乎。要說是接受也好，總之，我覺得這已經沒那麼重要了。

我還記得大概在夕旖七、八歲那年，她曾慘白著一張臉問我：「爸爸媽媽是不是不相愛？」

我們都在差不多的年紀發現了這個事實，有趣的是，當時的我們怎麼會知道什麼是

「愛」？又怎麼會知道父母應該要彼此「相愛」？

人類對愛的認知，眞的是天生的嗎？

「我比妳和之杏年長。」我瞥了眼正熟睡的之杏，「有些事情我早就看在眼裡，怎麼會不知道。」

夕旖似乎很沮喪，我只能哄著她。還好夕旖比之杏理性一些，她癟著嘴的難過模樣雖然令人心疼，但這是我們都要接受的事。

而如果可以的話，我希望之杏永遠也不要意識到，不過在尙閎來到我們家的前一晚，之杏終究還是注意到了。當年她十歲，連像她這樣遲鈍的孩子，也僅僅十歲就發現了殘酷的眞相。

「最壞的結果就是有一天他們會分開。但到時候我不知道該選擇跟著誰生活，爸媽都對我們很好。」之杏這麼說，我和夕旖面面相覷。

我們兩個不動聲色，盡量用輕快又溫柔的語氣告訴之杏，爸媽之間雖然不存在著愛情，但依舊很愛我們，不需要把情況想得這麼糟。

然而之杏和夕旖不同，她無法接受。

「沒有愛，怎麼有辦法生活在一起？」她的疑問如此簡單，直接切入核心，可是這一切並沒有這麼簡單。

「也許是因爲有比愛更重要的事，才會讓他們做出這樣的選擇吧。」我淡淡回答，其實我根本不在乎，不過我必須展現出姊姊的風範，於是又加了句：「也許等我們長大以後，等到我們也變成大人的那一天，就能理解了吧。」

後來之杏又鬧了一陣，夕旖已經明顯有些不耐煩，我安撫著之杏，用認眞的語氣說：「就算他們不愛彼此，卻仍然深愛著我們。」

這比什麼都重要吧？

反正爸爸又不是我們的男朋友，他愛我們但不愛媽媽，又有什麼關係？

我們已經得到了該得到的，那他們之間有沒有愛情很重要嗎？

✦

陳萱汶帶了她們烤的一些餅乾來學校，主要是交由祁民和藍英倉試吃，不過班上大多數的男生都有分得一小塊。

「爲什麼沒給女生啊，女生的意見不是意見嗎？」李妍蓁發出抗議。

「喔，因爲班上的女生大多有去幫忙做餅乾，所以幾乎都吃過了……」陳萱汶一副不好意思的樣子。

「『大多』也不是全部好嗎？妳應該多帶一些。」李妍蓁毫不退讓。

「幹麼那麼凶？之前不是說了，材料不夠，所以只有這些。」莫千繪回嘴。

「材料不夠？我看祁民和藍英倉都吃了大概五片吧，材料還眞是不夠啊。」李妍蓁冷笑。

「妳是什麼意思？那幾片口味都不一樣，本來就……」

「爲什麼有必要給藍英倉和祁民吃過每一種口味？而且如果眞的不夠，爲什麼不把每片餅乾分成小片？」李妍蓁高聲反駁，氣氛劍拔弩張。

「因爲祁民是班長，英倉又是提議要做下午茶的人，我認爲讓他們兩個先吃看看沒什麼問題呀。」陳萓汶小小聲回應，看起來很無辜。

「算了，搞得我像在欺負人一樣，我只是講求公平。」李妍蓁重重哼了一聲。

不過，這時其他沒吃到餅乾的女生也紛紛附和。

「對呀，也讓我們吃一點吧。」

「我們也想吃吃看！」

「欸……」莫千繪那群人又想發表意見，眼看場面再次一觸即發，藍英倉從講臺上跳了下來，突然把他咬了一半的餅乾塞到我嘴裡。

「這下子吃到了吧。」他嘿嘿笑了兩聲。

我嚇了一大跳，整個人從位子上彈起來，餅乾也掉落到地上。

「啊，好浪費！」藍英倉驚呼，蹲下身撿起餅乾。

班上同學一陣譁然，不只是因爲我的反應太大，也因爲藍英倉的舉動出乎意料。

「英、英倉……」陳萓汶靠了過來，藍英倉卻把撿起來的餅乾吃掉。

「不要吃，都沾到灰塵了！」莫千繪連忙喊。

「這樣很浪費呀，好了啦，那些還沒吃過或者只吃了一半的，分給沒吃到的女生吧，這樣就不用吵架啦。」藍英倉指揮著，男生們還眞的聽話地把自己的餅乾拿過來。

「不要，誰要吃你們吃過的！」李妍蓁大喊，接著眼珠子轉了圈，「但我倒是不介意吃藍英倉吃過的。」

「不早說，那我剛剛那塊就給妳呀，誰知道孟千裔會這麼排斥。」藍英倉訕笑。

「你、你……是你不對！」我趕緊反駁。

「可是妳的反應也太大了吧。」藍英倉一副不解的樣子，而那些負責做餅乾的女生忿忿地看著我。

「總之就是這樣，以後要是沒我們的份，我們就吃藍英倉吃剩的。」李妍蓁彷彿抓到了她們的弱點，得意洋洋。

等同學們的注意力稍稍移開後，我才對藍英倉說：「你剛才爲什麼要那樣？」

「妳們不是在吵沒有餅乾吃？」他說得理直氣壯。

「我沒有吵，是李妍蓁在吵！」我指著李妍蓁。

「喂！我是幫大家爭取權益耶！」李妍蓁抗議。

「好啦，反正還是有吃到，我覺得巧克力餅乾太甜了，妳認爲呢？」藍英倉自顧自地發表感想。

「我又沒吃到。會嗎？千裔？」李妍蓁問我。

舌尖上的確殘留著過甜的味道，但我一點也不想參與這個話題，所以立刻帶著下堂音樂課的課本，離開了教室。

「等等我呀！」李姸蓁在後頭喊。

我置若罔聞，快步往前走。我討厭藍英倉，他就是個麻煩製造機，讓我平靜的校園生活起了漣漪。

我提早抵達音樂教室，還沒有人過來，四周一片安靜。專科教室和普通教室在不同的教學樓，所以只要沒有學生在這裡上課，基本上就清淨得宛如世外桃源一樣。

我站在走廊上感受微風吹拂，雙手撐著欄杆，讓陽光灑落在臉龐，享受這片刻的寧靜。最近我的世界不再平靜，因爲李姸蓁時常和我在一起，她總是找得到各種話題，天南地北什麼都聊，說實話挺有趣的。

另外，班上同學的互動也因爲籌備園遊會而變得比較熱絡，只是那和我一點關係也沒有。剛才我一定讓某些喜歡藍英倉的女生不高興了，例如陳萓汶。

雖然我一點也不怕被人找麻煩，只是能相安無事還是最好。

「孟千裔，妳一個人呀。」想不到在我之後來到這裡的居然是藍英倉，我稍微側頭看了看他，又轉回來面向陽光，閉著眼睛感受這溫度。

藍英倉的腳步聲遲遲沒有再響起，我又轉過去看了他一眼，發現他站在原地一動也不動，直直盯著我瞧。

「幹什麼？」

「啊？」他彷彿突然回神一般，不自然地笑了兩聲，「妳在生氣呀？」

看也知道，問這什麼廢話。

「我不懂妳為什麼要生氣。」他聳聳肩膀，「我好像很常惹人生氣。」

「有嗎？你不是班上的風雲人物？每個人都喜歡你，你說什麼大家都會贊成，你是最受歡迎的人了。」我酸溜溜地說。

「妳是大姊對吧？」藍英倉驀地問，我瞪著他，他自顧自繼續說：「我有次看見妳帶著三個比妳小的孩子走在路上，那時原本想跟妳打招呼的，不過我發現妳好像很開心，妳在學校從來沒有那樣笑過，所以最後還是決定不要打擾妳。」

「學校裡有你搗亂，我怎麼有辦法開心。」我沒好氣地說。

「我還是不明白自己說了什麼讓妳生氣，不過會不會跟妳是大姊有關？」

「什麼意思？」

「因為妳是大姊，習慣了弟弟妹妹都會照妳的話做事，也習慣了他們總是詢問妳的意見，所以當班上同學採納我的提議，而不接受妳的，妳才會這麼生氣吧？」

藍英倉的話像是在說我是個小心眼的人，我立刻鄭重否認。

「才不是那樣，我只是覺得我們的提議明明很類似，為什麼我的被否決，你的就可行？不都是要賣咖啡嗎，你的提案只是咖啡加入牛奶、多了蛋糕和餅乾而已，這根本就是差別待遇。」我氣呼呼地說。

藍英倉走到欄杆邊，陽光也灑在他那凌亂的頭髮上，他瞇起眼睛，眼角的淚痣隱入眼尾的淺淺紋路裡。

「這片藍天很美吧？」他指向天空。

「怎麼了？」

「湛藍的天空很美，但是配上幾朵白雲的話，不覺得會更美嗎？」

「你到底想說什麼？」

「很多事物都是需要其他事物點綴的，主角也需要配角襯托。如果單純賣咖啡，客人不一定會上門，但要是多了餅乾和蛋糕，許多人就會爲了吃這些東西而點咖啡。」

「這……」

「妳因爲在學校和在家中的地位不同，心裡產生了不平衡，所以把氣出在我身上，這我可以理解。但也要想想我的感受呀，明明是認眞地提出想法，卻莫名被人當出氣筒……」他碎碎念著，我一氣之下又抬頭想罵他。

天空是藍色的，我們的制服也是藍色的，走廊上的公布欄使用的壁紙同樣是藍色的，此刻藍英倉站在我眼前，李妍蓁的那句話忽然浮現在腦海。

「藍英倉呀！他眞的是藍色的呢！」

我想，這絕對不是因爲他姓藍的關係。那顯得有些不自然的憂鬱氣息圍繞著藍英倉，令一向開朗的他散發出強烈的違和感。

「你們兩個幹麼不進教室？」李妍蓁和班上其他女生出現在樓梯間，很快嬉笑著進了教室。

我多看了藍英倉幾眼，然後也走進教室。

相較於他的異樣，我更在意的是剛才他所說的那番話。習慣被弟弟妹妹依賴的我，難道眞的是因爲班上沒人願意聽我的話，才會這麼憤怒嗎？

「李妍蓁。」

「怎麼了？」李妍蓁一臉新奇看著我，她將粉紅色的頭髮綁成了馬尾，「難得妳主動叫我呢。」

「妳……會想依賴我嗎？」

顯然出乎意料的問題讓李妍蓁瞪大眼睛，她不禁哈哈大笑，我覺得十分彆扭，小聲地說：「妳幹麼啦。」

「我一點也不會想依賴妳。」她笑得眼角泛淚，忽然站起來張開雙手，緊緊抱住我，「我會想保護妳！」

「走、走開啦！」我推著她，從國小那次被媽媽罵了之後，我就再也沒有被任何人擁抱過，這個情況讓我十分不習慣，尤其還有這麼多雙眼睛盯著我。

「幹麼在教室裡玩抱抱呀？」已經恢復正常的藍英倉從前門進來，後面跟著祁民等人。

「怎樣？你是羨慕還是嫉妒？」李妍蓁對他說，手依舊沒放開我。

「又羨慕又嫉妒。」藍英倉看似扼腕，轉過頭看向祁民，「我可以抱你嗎？」

祁民一隻手握拳抵著脣，一臉嬌羞地說：「我不反對同性相愛，雖然我本身比較喜歡女人，可是如果是英倉你的話……那來吧！」他展開雙臂，兩個男人緊緊擁抱。

大家開始鬼吼鬼叫起鬨，好幾個女生拿出手機拍照，而抱著我的李妍蓁在我耳邊哈哈大笑。

我在家中是夕旖、之杏還有尚閎依賴的對象，以前國中三年我也都擔任班長，班裡大大小小的事情都是由我下決定。

我一直以爲自己就是這樣的角色，沒想到升上高中後，一切都不一樣了。李妍蓁覺得我需要保護，藍英倉則要我別因爲失去領導的地位，便把氣出在他身上。

而且……

「李妍蓁。」我小聲地喊。

「怎麼啦？」

在這麼近的距離注視李妍蓁的臉龐，我發現她就算不化妝，皮膚也吹彈可破。

「藍英倉，眞的是藍色的。」

她挑眉，嘴角的笑容綻放得更加燦爛，用雖然不小但與周遭的吵鬧聲相比絕不會被聽到的音量說：「妳果然也發現了！」

我朝騷動的中心看去，在人群裡笑鬧的藍英倉雖然掛著笑容，那濃濃的憂鬱卻無法隱藏。

園遊會當天，我和李妍蓁第一組值班，李妍蓁是小組長，要負責與前後的組別聯繫，以防下一組值班的同學遲到，或遇到任何突發狀況。

可能是因爲一大早的關係，來單買咖啡的人還不少，我不禁又在心裡嘀咕，既然這樣，只賣咖啡不是更好嗎？

然而大約過了半小時後，買餅乾和小蛋糕的人漸漸多了，當我推薦咖啡時，有人甚至表明會導致胃痛所以不喝。

「可以加牛奶呀，我們有新鮮的牛奶。」李妍蓁露出迷人的笑容，「牛奶保存不易，所以準備的量不多，要買要快唷。」

也許是她的笑容十分眞誠可愛，那個男生聽了還眞的買了。

「這叫做戰術，千裔，妳也要笑一笑，微笑是最好的武器。」她瞇起眼睛，潔白的牙齒襯著紅脣使笑容更顯魅力。

我努力撐起微笑，但顯然相當怪異，從客人的反應就可以看出來了。

「現在狀況如何啦？」在我們值班的時間快結束時，負責宣傳的第一組男生回來了，綽號阿胖的同學手舉代表我們班的小旗子，小鯨則拿著海報。

「還不錯，其他班級怎樣？」李妍蓁問。

「八班的反應也不錯，一班是砸派遊戲，目前最多人，不過這樣看下來，我們班的生意算好了。」小鯨翻了下他的小筆記本。

「我們來了，妳們第一組可以休息嘍。」這時第二組的女生回到教室，我和李妍蓁與她們交接工作，準備休息。

「千裔，我們去逛一逛吧。」李妍蓁在我打算走出教室時說，她看著我手上拿的書，一臉不可思議，「妳拿那本書要幹麼？」

「我想找個地方看小說。」我揮了揮手中的《鬼店》，這本作品滿厚的，加上這陣子一直在忙園遊會的事，所以我還沒看完。

「我的老天，孟千裔妳開玩笑的吧？園遊會也就這次，妳居然想孤僻地一個人躲起來看書？」她高聲驚呼，引來其他同學還有客人的注意。

「之後還有兩次園遊會好嗎。」我趕緊走回她身邊，看來我比自己以爲的還要更在意旁人目光。

「升上高三就不能盡情玩了，所以嚴格說起來只剩一次。即使還有一次，高一也只有這次園遊會呀！」她搶過我手裡的書，隨便放到後方某張桌子上。

「喂！萬一等等被偷走怎麼辦？收好啦！」我趕緊叫道。

「放心，沒人會偷書這種無聊的東西。」李妍蓁拉起我的手往外走。

「書哪是無聊的東西，我國小時放在桌上的書就曾經被偷走過。」雖然被她拉著往樓下走，我仍不忘反駁。

「那個人絕對不是眞的想偷那本書，而是因爲書是妳的才偷。」李妍蓁哈哈大笑，「很有可能妳這本書也會被暗戀妳的男生給偷走喔。」

「才不會有人暗戀我。」我翻了白眼。

我們先到一樓中庭，這裡有座掛著「服務處」布條的棚子，李妍蓁拿了兩張傳單，上面列有各班攤位的主題，以及活動時間表。

「我都不知道還有這種東西。」我訝異地看著十分詳細的傳單內容。

「妳之前都沒認眞在聽活動細節吧。」她搖搖手指，「學生可不是只要會念書就好，懂得玩樂也很重要，這可是一輩子的回憶喔。」

「太誇張了吧。」我雖然如此吐槽，但也莫名有些期待了。

「嗯？怎麼回事？」李妍蓁從百褶裙的口袋裡拿出手機。這時大多數的人使用的都還是翻蓋式的傳統手機，應該沒人料想得到未來會幾乎人手一支堪比小型電腦的智慧型手機。

「他們說下一組值班的男生還有人沒回去。」李妍蓁把螢幕轉給我看，「居然是藍英倉。」

「怎麼了嗎？」

「他不是很熱衷於園遊會嗎？竟然沒有回去。」我不禁冷笑，之前說得那麼好聽，自己卻毫無責任感。

「我打電話問問看。」說完，李妍蓁直接打了電話給傳訊的同學。

我看著傳單上的時間表，發現販售食物的班級還不少，有些賣茶葉蛋（還特地取名叫聰明蛋），有些則和我們一樣是餅乾之類的點心，還有一些是賣飯糰，不過真想知道那些飯糰是怎麼捏出來的，衛生恐怕堪慮。

「他們說藍英倉曾經回過教室，可是後來又不見人影了。」掛掉電話，李妍蓁對我說。

「應該是出去宣傳了吧？」

「但是宣傳組的男生說沒看見他，打手機給他也沒接。」李妍蓁抓抓頭髮，「算了，我們先去找一下吧，其他組的組長也都會幫忙找。」

我立刻露出不甘願的表情，「我也要一起找嗎？」

「真搞不懂為什麼妳跟藍英倉這麼不合。」她笑了聲，「不然妳先自己隨意逛逛吧，我再跟妳聯絡。」說完，她揮揮手朝體育館跑去。

早知道會這樣，剛才就讓我帶書出來看呀。我忍不住在心裡抱怨。

但如果現在回教室拿，一定也會被迫幫忙找藍英倉，而自己一個人逛園遊會也有些無聊，所以我決定找個安靜點的地方沉澱一下。

只是圖書館在園遊會期間不對外開放，水池邊也有許多人坐著聊天吃東西，連涼亭也聚集了外校生或是學生的家長。

這種日子要在學校找到安靜之處還真不容易。

忽然，我靈機一動。

安靜的地方，不就是音樂教室所在的專科大樓嗎？

那邊沒有班級教室，就算今天是園遊會也不會有人在，加上位置比較偏僻，更不會有外校學生靠近，是個非常理想的地點。

於是我立刻朝專科大樓的方向走去，不過目的地不是音樂教室，而是旁邊的空教室，那裡面有一臺白色的鋼琴。

音樂老師說過那臺鋼琴的琴弦壞了，影響到音準，加上已經很老舊，學校也購入了新的鋼琴，於是白色鋼琴就一直閒置在教室。

我來到音樂教室所在的樓層，即使在這邊，園遊會活動的熱鬧聲響依舊清晰地傳來，我聽見了以喇叭播放的歡快音樂，以及學生們的笑鬧。

可是一片喧騰之中，忽然插入了突兀的琴聲。不成調的琴音是如此不和諧，我以爲自己聽錯了，但那旋律卻譜成了一首曲子。

我放輕腳步走過音樂教室，站在牆邊。

空教室的前門沒關，我偷偷探頭，看見一個男孩背對著我坐在鋼琴椅上，雙手在失了音準的的琴鍵上飛舞。雖然音調詭異，我依舊聽出這是什麼曲子，是跳探戈時常用的舞曲〈一步之差〉。

藍英倉會彈鋼琴這件事出乎我的意料，我看著他的背影，他似乎完全沉浸在彈奏中，身體隨著樂曲的高潮起伏擺動。我不自覺地踏進教室，卻不小心踢到一旁的椅子，他嚇了一跳停下演奏，接著轉過頭來。

「孟千裔？」驚嚇的表情還沒從他臉上退去，他的額頭隱隱有著汗水。

「你……」我開口，才發現自己口乾舌燥，「我不曉得你會彈鋼琴。」

「也就只會這首。」他扯了扯嘴角，我還是第一次在他臉上看到這種尷尬的笑容。

「喔……」頓時我不知道該說些什麼，只能低頭盯著自己的鞋尖。

「妳會彈嗎？」他問。

「會，小時候學過。」

「那妳彈一次剛才那首吧。」他站起來，讓出位子。

「這臺鋼琴的音不準。」我遲疑地走到鋼琴椅旁邊，絞著手指，沒有落坐。

「我知道，但就是因為不準才好。」他的話意味不明。

於是我坐了下來，十指放到琴鍵上，輕輕按下第一個音。

音準真的很糟糕，但是琴鍵意外地十分好彈，我越彈越順手，途中瞥了一眼藍英倉的臉，他面無表情聽著。我不知不覺完全投入，一個個不協調的音符似乎漸漸變得完整，彷彿譜出了另一曲〈一步之差〉。

最後一個音落下，我微微喘著氣，不知怎的不敢抬頭看藍英倉。

時間像是過了好久好久，忽然間他拍起手，這次換我嚇了一跳。

「孟千裔，妳彈得真好。」

「如果鋼琴音準一點會更好。」

「不，這樣就很好了。」他恢復如常的笑容。

「你……」爲什麼一個人在這邊？爲什麼在彈鋼琴？爲什麼看起來這麼奇怪？我的心中充滿了疑問，卻只擠出一句：「你爲什麼蹺班了？」

「我剛剛有去教室，不過後來我發現這個。」他從另一邊的桌上拿起一本書，我睜大眼睛，那是我的《鬼店》。

「你幹麼拿我的東西？」我伸手想拿回來，他倒是乾脆地還給我。

「我只是想起了書裡的某個片段，突然很想再看一次，所以才拿過來。」他兩手一攤。

「可是你剛剛在彈鋼琴。」我瞇起眼睛。

「我看完我想看的片段了，所以才彈鋼琴。又是書又是鋼琴，不覺得很詩意嗎？」他用開玩笑的語氣說，但聽起來不像是玩笑話。

「他們在找你，你沒有接手機。」我沒回答他的問題，只是淡淡說。

「我會跟他們解釋的。」他從口袋裡拿出手機，露出驚訝的表情，「十封簡訊，二十五通電話。」

「你這樣很不負責任。」

「或許吧。」他嘆氣，「我回去了。」

我站在原地，看著他轉身離開，忽然他又停下腳步，「孟千裔，下次有空的話，再彈一次〈一步之差〉吧。」

「我才不要。」我拒絕，然而他笑了笑，彷彿我已經答應了一樣。

在他離開後，我馬上打開書本，想知道他到底是想重看哪個片段。內頁並沒有留下任何記號，根本看不出來他翻到了哪裡，我剛才應該問一下的。

不過就在我這麼想的時候，卻注意到有一頁稍微皺了起來，那是我還沒讀過的部分，書頁上似乎還有幾處被水沾溼的痕跡。

我心一緊，這是眼淚嗎？

於是我認真讀起這一頁的內容，是描述主角的兒子丹尼在與飯店的超自然力量對抗。

媽媽和爸爸不能幫我，我是獨自一個人。

是這句話嗎？為什麼？

我趕緊跑出去，但已經不見藍英倉的身影。我手撐在走廊欄杆上往樓下掃視，不過底下人群太多，耳朵也只能聽見學生們吵鬧的聲音，因此我一路跑回教學大樓，回到我們班的教室。

生意眞的還不錯，訪客依舊不減，看來男生們不用出去宣傳也可以了。我東張西望，還是沒見到藍英倉。

「唷，妳怎麼回來了？」李妍蓁拍了我的肩膀，她正在吃別班賣的三明治。我喘著氣，她把手上的飲料遞給我，「先喝一口吧。」

我擺手拒絕，「藍英倉呢？」

「他已經去宣傳了，因爲蹺了將近四十分鐘，所以他要多工作四十分鐘。」李妍蓁喝了口飲料，「那我們去逛逛吧？」

「喔……」我再次回頭，這次總算看見藍英倉和祁民兩人在走廊另一頭打鬧，他的身上掛了我們班的宣傳海報，臉上還被貼了張寫著「笨蛋」的紙條。

「怎麼了？妳在看藍英倉嗎？」

「沒什麼。」我搖搖頭，握緊手裡的書，將這件事情藏在心中。

第六章

我看著手裡的《鬼店》，想要翻開又有些猶豫。

又夢到高中時代了，而且依然清晰得宛若現實。那些事的確眞實發生過，只是都已經過去了，如今卻好像時光倒流了一般。

此刻我站在書櫃前，原本我幾乎忘記藍英倉曾和我討論過這本書了，對於高中時代，爲什麼現實的我印象如此模糊，而夢中的畫面歷歷在目？

難道睡美人沉睡後，夢見的也是「曾經」？

深吸一口氣，我翻開當年被藍英倉的眼淚沾溼的那頁，如今已經沒有痕跡在上頭。

爲什麼藍英倉會看著這一頁的內容落淚？

我應該知道的，我記得我問過他，他也告訴我過，然而我完全不記得。

忽然之間，我害怕了起來。

高中時代的回憶，在我心中一直是快樂的，是最美好的一段青春歲月，可是當我細想時，卻發覺記憶空洞無比，似乎遺漏了許多細節。

我拿起手機，撥了電話給李妍蓁。

「我玩到天亮，才剛回家要睡覺，妳有什麼事？」李妍蓁打著哈欠。

「妳和藍英倉以前跟我一起上學過嗎？」

「啊？」李妍蓁有點錯愕，「當然啊，整整兩年耶，妳忘了？」

我內心一震，「我不記得。」

「孟千裔，妳太誇張了，居然忘記我們每天一起上學的事……有夠沒良心。」

「不是，我是眞的不記得，爲什麼我對高中的事情……記憶這麼模糊？」我顫著聲音問。

「……孟千裔，妳別鬧，怎麼了？」李妍蓁終於察覺到了不對勁。

「我……」

「妳在家等著，我現在過去。」她掛斷電話，我顫抖地放下手機，雙手摀住自己的眼睛。

我似乎又睡著了，因爲我看見穿著高中制服的藍英倉，那藍色襯衫因扣子沒有好好扣起而隨風揚起。

「喂，你哭什麼？」我問他。

「誰說我哭了？」他背對著我，我能感受到他語氣中的笑意。

「你把眼淚滴在我的書上了。」我揚了揚手裡的《鬼店》。

「妳看完了嗎？」他轉過來，從他背後照射而來的陽光太過刺眼，我看不清他的臉。

「看完了。你爲什麼要哭？」

「不覺得丹尼很可憐嗎？明明年紀那麼小，卻已經體悟到只能靠自己的力量。」他的手臂勾在後頭欄杆上，「而丹尼最後還算是成功戰勝困境了，可是世界上有太多無能爲力的孩子。」

「你在說什麼？」

「即使孩子再怎麼努力，還是有很多事情是沒辦法改變的吧。」

「什麼意思？」

「像妳這種生活在幸福美滿家庭之中的大小姐，是無法體會的。」說完，他轉過身去。

「千裔、千裔！孟千裔！」有人用力拍打著我的臉，我猛然睜開眼睛，看見李妍蓁的臉龐近在面前。

我趕緊往後拉開距離，李妍蓁畫著很濃的眼線，還戴了誇張的長長假睫毛，腮紅更是和猴子屁股一樣鮮豔，與夢中清秀的模樣相差甚遠。

李妍蓁瞇起眼睛，沒好氣說：「說了一堆怪話害我趕來，結果自己卻在睡覺？要不是夕旖幫我開門，我不知道要在外面喊多久！」

「我剛才又睡著了。」我揉了一下眼睛，那不是夢，是發生過的事實。

但只出現在夢中。

「妳到底怎麼回事？看起來很奇怪。」李妍蓁推了推我的肩膀，「有關藍英倉的事情，妳眞的還好嗎？」

「怎麼可能還好……畢竟是一個同學死了……」我看著放在書桌邊的《鬼店》。

「他不只是一個同學，千裔。我原本想給妳一點時間，讓妳慢慢地去……可是怎麼回事，爲什麼妳現在好像得了失憶症似的？」

我一臉疑惑看著李妍蓁。

「妳問我一些怪問題，而且還把話都藏在心裡，什麼也不說！」李妍蓁氣得彈了下我的額頭，「藍英倉的死怎麼可能沒有讓妳動搖？」

「我……」我抱著自己的雙臂，用力搖頭，「但是我不記得了，爲什麼我會忘記？爲什麼那一切都只出現在夢中？」

「什麼啊？妳在講什麼？」李妍蓁被我怪異的發言嚇到了。

「關於藍英倉的事情，我幾乎不記得了，但他開始現身在我的夢裡，每個夢都好眞實，全是我們之間發生過的事！」我抓著李妍蓁，眼眶酸澀，「在那些夢出現之前，我都忘了曾發生那樣的事，爲什麼會這樣……」

「冷靜點，孟千裔！」李妍蓁反抓住我，「講清楚一點，我聽不懂！」

我感覺臉頰上有水珠滑落，李妍蓁嘖了一聲，「不要哭！」

我立刻用手擦去眼淚，「我沒有想要哭，只是……」我深吸一口氣，說出這些日子以來的夢境。

李妍蓁越聽眉頭皺得越深，屬於我們青蔥歲月的種種回憶，如今像是電影一樣，每逢夜晚便在我的腦海中上映。

我說到原本最後的夢停在園遊會的時候，不過在剛才那短暫的睡眠之中，我又夢見了後續的場景。

說完，我微微喘息，而李妍蓁眉頭深鎖，在房內來回踱步。

「我知道了。」她停下腳步，右手握拳打在左手掌心，「一定就是那樣！」

她朝我衝來，興奮地對我說：「託夢！這是藍英倉託夢！」

「別傻了。」我推開她。

「怎麼是傻？絕對是這樣，一定是藍英倉託夢給妳的！」她斬釘截鐵。

「他不會……就算要託夢，對象也不會是我，他一定會去找陳萓汶。」我抿著脣。

「他怎麼可能會找陳萓汶而不找妳？」李妍蓁無法理解。

「他就是會找她，不會找我！」我大吼。

「千裔，我眞的不明白，爲什麼妳一直覺得藍英倉喜歡陳萓汶，他……」

「因爲他親口跟我說過！」我打斷李妍蓁的話，心突然好痛，「他還要我轉交情書給她。」

李妍蓁一時啞口無言，好半晌才又說：「好，就算眞的是這樣，事隔多年，他如果眞有什麼事情，一定會找妳這個最好的朋友。」

「爲什麼妳覺得一定是他託夢？」

「不然要怎麼解釋妳的情況呢？又不是睡美人。」她笑了聲，「無論如何，妳遺忘的那些重要回憶，也許能在夢中找回來。」

「我……不知道爲什麼，我並不想找回來。」我垂下目光。

「孟千裔！不要逃避！」她再次抓緊我的肩膀，「妳不哭、不承認都沒關係，至少在夢裡坦率一點。」

我對上李妍蓁的眼睛。我覺得好害怕，既懷念那段歲月，又抗拒想起全部的事情。

「能再體驗一次十六歲，不是很棒嗎？」她綻開笑容，臉頰上誇張的腮紅頓時變得可愛多了。

「可能吧。」我無力地笑，忽然想到一件事，「夕旖呢？」剛才鬧出那麼大的動靜，要是被夕旖看見就糟了。

我在家裡一直都是被依賴、被信賴的姊姊，這種軟弱的樣子不能被發現。

「她幫我開門以後就出去了。」李妍蓁吐了一口氣，「我可以抽菸嗎？不，算了，妳家太豪華，感覺菸好像會污染了這裡。」

聞言，我鬆了一口氣，「妳還是戒菸比較好。」

「習慣很難改掉的。」她苦笑。

「才幾年的習慣？妳也要改改老是看上爛男人的『習慣』了。」

「哈，趁年輕多受點傷，這樣痊癒得也快呀。」她邊說邊伸懶腰，而我只是搖頭。

「算了，無論如何，反正我都會在妳身邊。」

李妍蓁睜圓眼睛，隨即勾起不懷好意的笑容，靠向我上下其手。

「喂！妳幹什麼啦！」我大喊。

「唉唷，誰想得到冰冷的孟千裔會說出這麼溫暖的話呀？我真是太幸福了，有妳這樣的朋友。」她的眼眶有點溼潤，「同樣的，不管怎樣，我也都會在妳身邊，一直一直。」

「噁心。」雖然嘴上這麼說，其實我挺開心的。能擁有一個無論妳是貧是富、是好是壞都無條件站在妳這邊的朋友，眞的是一生難尋的寶藏。

「好啦，妳再睡一下吧？」

「還要睡呀？」我失笑，眞要我變成睡美人嗎？

「也許醒來後就眞的有王子來迎接妳了。」李妍蓁微笑著輕撫我的額頭，一邊推著我往床上去。

「我今天還有課呢。」

「好吧，不能蹺課，但不蹺課的大學生大概也只有妳了。」李妍蓁聳肩，「那可以讓我在妳家洗澡睡覺嗎？我累死了，通宵玩了一整晚，現在沒體力再回家了。」

「當然可以。」

「放心，我會確實洗乾淨卸妝後再躺上妳的床。」她打了個大哈欠，揮揮手拿了條浴巾踏進浴室。

而我坐在梳妝臺前上妝，卻看著自己的臉失了神。剎那之間，我似乎穿上了淺藍色襯衫，我想念那些曾經，卻也害怕那些曾經。

我走在通往大學校區的馬路上，嘴裡輕咬吸管，喝著便利商店買來的牛奶。這時一輛機車從身邊呼嘯而過，嚇了我一跳，手中的牛奶因此落到地上，還濺到我的腳踝。

「對不起！」機車騎士立刻煞車，道歉的聲音異常耳熟。

「高元瑋？」我看向他。

「千裔？這麼難得，妳居然會邊走邊吃東西。」他有些意外，把機車牽到旁邊。

「嚴格來說不是吃，是喝。」我從包包裡拿出衛生紙，正準備擦拭腳踝，高元瑋卻搶先蹲下，從自己的口袋拿出手帕，毫不猶豫地擦掉我腳踝上的污漬。

「高、高元瑋！」我驚慌地喊，趕緊彎下腰想把他的手拉開。

「我幫妳擦一擦就好，別腳弄髒了手也弄髒。」他人畜無害地笑。

「這樣不好。」我低聲說，他三兩下擦乾淨，拍著手站起來，無視我的話。

「那手帕我幫你洗吧。」

他瞥了眼沾有牛奶的手帕，搖搖頭後對摺放回口袋，「不用，我等下自己洗就好。」

「沒想到你會隨身攜帶手帕。」腳踝被碰觸過的地方有些異樣感，沒想到被碰到腳踝也會令人害羞。

「帶著手帕才是紳士的表現呀。」他笑了笑，忽然微微傾身，視線與我平齊，「千裔，妳最近還好嗎？」

「怎麼又這麼問？」我心虛地笑。

「妳看起來很累、很想睡，而且老是在發呆一樣，若有所思的。」高元瑋聳聳肩，沒想到他的觀察力這麼敏銳。

「我睡得滿多的。」我沒說謊，每天晚上我都睡得很深、很沉，睡著的時間越來越長，卻覺得像是醒著一樣。

「睡得多不代表就睡得好喔。」他口袋裡的手機響起，鈴聲很熟悉，「莞竹打來的。」他接起電話，我則把掉在地上的牛奶盒撿起來，準備丟進一旁的垃圾桶。

「千裔，我載妳去學校吧。」也許是因爲我移動腳步，讓高元瑋以爲我要離開了，所以他對我喊了句。

「千裔？她跟你在一起？」我隱約聽見羅莞竹在電話那頭說話的聲音。

「正巧遇到嘍。」高元瑋輕描淡寫回應。

我不自覺在心中嘆氣，天底下沒有不吃醋的女人，差別只在有沒有表現出來而已，高元瑋這麼粗神經，肯定沒發現羅莞竹已經打翻了醋罈子。

於是我用嘴形告訴高元瑋我要先走，一邊用手指著學校的方向。

「好啦，我先掛嘍。」高元瑋掛掉電話，拉起我的手腕，「都遇到了，幹麼不一起去呀？」

「你是眞笨還是故意的？」我忍不住問。

「我聽不懂妳的意思。」他歪頭，伸手拿走我手上的牛奶盒，「我拿去丟吧。」

我站在原地看著他穿過道路到對面丟垃圾，然後小跑回來，從機車置物箱中拿出安全帽，「給妳吧。」

我端詳著安全帽，發現顏色不一樣了，「換安全帽了？」

「對呀。」他戴上自己的安全帽，坐上機車收起兩旁的側腳架。

難道是羅莞竹不想用別人戴過的安全帽，所以他才買了一頂新的？可是我又戴上的話，買新的不就沒意義了？

所以我把安全帽還給他，「我走路去學校就可以了。」

「拿去吧，妳不是說莞竹不會喜歡自己專屬的安全帽被別人戴過嗎？所以我買了一頂新的。」

「你的意思是，你的置物箱裡面現在有三頂安全帽？」

「對呀，我的、莞竹的，還有一個以防萬一，當我臨時要載人的時候，就可以用。」他理所當然地說。

好吧，這次算是有想得比較周到了，但我想羅莞竹還是會不高興的，也許女生會更願意得到「我不會隨便載人」這句保證，而不是見男朋友爲了「以防萬一」所以多準備一頂安全帽。

不過他的想法讓我笑了出來。

「什麼事情這麼開心？」他也笑開了臉。

「沒什麼，只是覺得你神經眞的很粗。」

他看了一下手錶，「我是神經粗，但可沒粗到沒發現現在快要遲到嘍。」

「眞的耶，那快走吧。」我坐上機車後座，高元瑋說了聲出發，很快往學校騎去。

✦

我開啟手機裡的音樂資料庫，點開Lady Gaga的歌曲資料夾，選擇〈Perfect Illusion〉，這首歌也是我之前聽到的高元瑋的手機鈴聲。

激昂的快節奏震耳欲聾，我將音量調得更大，讓歌詞在腦中迴盪。

我坐在商學院教學大樓一樓的長椅上，原本下午要參加社團活動，但負責開教室門的阿瑞還沒有到。我跟著音樂輕輕擺頭，回想著李妍蓁所說的話。

「這是藍英倉託夢。」

忽然，我的鼻腔一陣酸澀，於是趕緊用力搖頭，甩掉那略帶惆悵的悲傷。雖然我並非無神論者，卻也不相信託夢這種事。

再怎麼樣，藍英倉都不會想見到我的，更別說託夢給我了。

……等等，爲什麼我會有這樣的想法？爲什麼我會覺得藍英倉不想見到我？奇怪的感覺在心中揮之不去，我遺忘了這麼多事情，全是有關藍英倉的，這又是爲什麼？

當初得知藍英倉要轉學時，我的反應是什麼？我對他說了什麼？他離開前所說的那句「我希望妳能永遠開開心心的」，爲什麼會如此悲傷？爲什麼在他轉學之後，我從來沒有與他聯絡，甚至忘了關於他的一切？而又是爲什麼，直到今天我才想去探究這些問題？

想到這裡，我猛然站起來，決定回家仔細翻看所有高中時期的物品，頭卻狠狠撞到一個東西。

「哇！」我痛呼一聲，下意識轉過頭，因爲用力轉頭的關係，我的耳機掉落到地上，Lady Gaga的歌聲傳出。

「好痛！」高元瑋揉著下巴，「妳沒事吧？」

我也揉著頭，「我還好，你沒咬到舌頭吧？」

他彎腰撿起我的耳機，「沒事，這大概是懲罰吧。」

「懲罰？」

「對呀，我剛剛遠遠看見妳在那邊搖頭晃腦，所以特地繞到後面想嚇妳，才會遭報應被妳撞到。」

「我也很痛啊，怎麼連我也遭報應了？」我笑了笑，接過他手中的耳機，「阿瑞還沒來。」

「我剛才遇到他，他說他有事要先走，我就過來開門了。」他晃了晃手中的社團教室鑰匙，「妳眞的很喜歡〈Perfect Illusion〉這首歌呢。」

「是呀，你不也是？還設成手機鈴聲。」我把音樂關掉，並收起耳機。

「歌詞很棒呀，而且和Lady Gaga以往的曲風很不一樣，感覺特別耳目一新。」說完，他輕輕哼起幾句歌詞。

「Perfect Illusion，完美假象，這首歌描述迷戀一個人的心情，原本愛得如此瘋狂，然而清醒之後，才恍然明白那些都只是完美的假象，並非眞正的愛。」我聳聳肩，壓抑的歌詞內容看似與激昂的音樂有些矛盾，卻反而襯托出那份悲哀。

「不過說眞的，難道每個人都眞的理解什麼是愛嗎？」高元瑋歪頭。

我抬頭看他，「你在說什麼呀，你不是就有個相愛的女朋友了嗎？」

高元瑋只是微笑，逕自踏進社團教室。

我想了想，打算也進去確認一下有什麼事要處理，晚點再回家檢視過去的點滴也不遲。

啊，差點忘了，李妍蓁還在我家呢。

我傳了訊息給她，但她沒有讀取，於是我轉而發訊到我們姊弟的聊天群組內，告訴他們有個女生睡在我的房間，要他們別太驚訝。

「我在家喔，妍蓁姊大概一個小時前就回去了。」

回訊的是夕旖。

「她有說什麼嗎？」

「她說她放了些東西在妳桌上，要妳回來時看一下，還交代我千萬不能偷看耶！」

夕旖發了個疑問的貼圖。

「那妳有看嗎？」

「沒呀，我雖然很好奇，但還是尊重妳的隱私。」

我回了一個「好棒」的貼圖，然後關閉螢幕走進社團教室。

「你剛剛那個微笑是什麼意思？」我把包包放到一邊的椅子上，並開窗讓空氣流通。

「什麼？」高元瑋則打開電燈，翻閱起與動物之家相關的文件。

「你說『難道每個人都眞的理解什麼是愛嗎』，然後又因爲我說的話而微笑，這是怎麼回事？難道你對莞竹不是愛嗎？」我的語氣帶著調侃，高元瑋卻不發一語。

他專注地看著手中的資料，難道是沒聽見我的問題嗎？還是不想回答呢？

我選擇不再多問，轉而拿出抽屜裡的收支表計算這個月的花費，這才注意到我們已經快兩個月沒有買罐頭了，於是我走到白板前，寫下「狗罐頭犒賞」幾個字。

「其實也不是愛不愛的問題。」高元瑋驀地開口。

「原來你有聽到我的問題呀。」

他也來到白板前，並拿過我手中的白板筆，在白板上寫下之後的工作分配。

「我和莞竹交往了非常久，從國中就開始了。」

「嗯，這很讓人羨慕呢。」我言不由衷，對我來說，陪伴時間的長短根本不能當成有多相愛的證據。

「我們交往的契機不是因為什麼情啊愛的，而是好像忽然就開始交往了。」他歪著頭，把白板筆放回白板底部的溝槽裡。

「你在說什麼？所以你們不是因為其中一方告白了才交往？」

高元瑋搖頭，「妳懂愛情嗎？」

我也搖頭，高元瑋笑著說：「我也不懂，我現在都不懂了，當年又怎麼可能懂？這話聽起來很好笑，但我當時的想法是，不管是男生或女生都是我的朋友，可是如果和某個女生特別要好，或是想要成為她的支柱的話，除了朋友的身分以外，似乎有另一個更合適的身分。」

「你是說男朋友？」

「嗯，其實無論是當男女朋友，還是單純的朋友，對我來說都是一樣的，但既然莞竹想要的是戀人的身分，我也覺得沒有關係。」

「這理由聽起來有點爛。」我忍不住說。

「哈哈哈哈哈，果然是這樣。」他大笑幾聲，並未因此不悅，「即使我搞不清楚什麼是愛情，還是規規矩矩地和莞竹在一起了這麼多年。」

「比起那些口口聲聲說愛對方，卻背地裡亂來的好太多了——你是想這樣講嗎？」我斜眼睨他。

「也不是這個意思，只是有時候我會覺得，愛眞的有那麼重要嗎？所有人眞的都懂愛的定義嗎？」他認眞地看著我，「不是有『另一半的靈魂』這種說法嗎？每個人生來只有一半的靈魂，唯有遇見自己的另一半靈魂，才能眞正體會到什麼是愛。但能夠遇見的人又有多少？那些白頭偕老的夫妻難道都眞的相愛了一輩子？」

我有點被他一連串的疑問嚇到，「沒想到你會這麼認眞思考這些問題。」

「也不是刻意去思考，我只是偶爾會想，愛眞的有這麼重要嗎？」他恢復原本的笑容，隨意找了張椅子坐下。

「也許不是那麼重要吧。」我想到的依舊是我的父母。

「千裔，妳好歹也交過一、兩個男友吧？那妳覺得怎樣算是愛情呢？」

我默默搖頭。

「爲什麼不和我分享妳的想法呢？」

「我沒交過男朋友。」我坦白說，高元瑋瞪大眼睛。

「一個都沒有？」

「嗯，但我覺得不管有沒有交往經驗、不管是不是結了婚、不管有沒有孩子都一樣，不是每個人都理解自己在做什麼，或理解什麼是愛。」我在他旁邊的椅子坐下。

「不過有一點我倒是覺得還滿可怕的。」他一隻手撐著頭，靠在桌邊。

「嗯？」我學他的動作，也托著腮。

「當對方眞的愛妳的時候，妳可以從那個人的眼神感受到那份愛。而當妳愛著對方的時候，對方究竟愛不愛妳，妳也可以從對方的眼神察覺。」

我坐直身子，看著高元瑋，「你的意思難道是，莞竹她……」

「有一天她問我，這麼多年以來，我到底愛上了她沒有。」

所以，高元瑋才會忽然說起這些關於愛的疑問？

「那你怎麼回答？」

「我反問她，愛很重要嗎？」

我嘆了口氣，「這不是她想要的答案吧。」

「如同我剛剛所說的，就算我說了『愛』，她也可以從我的眼神發覺那不是實話。」他聳聳肩，「本來我和她在一起的理由就不是因爲愛，爲什麼現在又需要愛了呢？我認爲陪伴遠比愛更爲重要。」

「這麼說來，那爲何你們當初要在一起？」我拿出手機看了一下時間，意識到他們大概就是因此吵架了，羅莞竹才遲遲沒有出現。

「因為她的父母離婚了，她需要人陪伴，可是她不要朋友的陪伴，而是要男朋友。」他再次聳肩，「我覺得身為朋友或男朋友都沒差，我喜歡她這個人。」

「那也許這就是愛了吧。」我說。

「我以前也這麼想，不過隨著慢慢長大，聽過許多朋友分享和男女朋友相處的情況，以及看了越來越多電影、小說之後，我總覺得愛好像不是原先想的那樣。」

「你該不會要說至死不渝、犧牲奉獻、捨棄一切那類的愛才是愛吧？」我失笑。

「妳覺得很可笑嗎？」他好奇望著我。

「是，過於誇張的愛情表現，在現實世界是不存在的。」我抬高下巴，「所謂的愛脆弱不堪，很容易被現實的種種給打敗。」

「可能是這樣吧，然而我想所謂的愛，至少會讓人放棄自我原則、失去理智，無法冷靜地判斷所有事情。」

「或許吧，我不知道。」我起身，順便帶上自己的包包。

「妳要回去了嗎？」他跟著站起來，「要不要去吃點東西？」

「高元瑋，我想請問一下，你對所有女性朋友都是這樣嗎？」

正準備關燈的他一臉疑惑，「怎樣？」

「彎下腰幫忙擦腳、隨隨便便拉手腕、輕易帶人去氣氛不錯的餐廳吃飯，或是主動接送。」

他看著我，顯然依舊不明白。

「我覺得這樣不好，不管你愛不愛自己的女朋友，既然有女朋友就該避嫌。或者就是因爲你不愛她，所以才沒考慮到她的心情。」

對於我的話，高元瑋看起來似懂非懂，在他回應以前，我便離開了社團教室。

走在太陽底下，我卻覺得渾身發冷。回過頭，商學院大樓瞬間像是變成了高中校園，我眨了眨眼睛，才確認眼前的確是商學院。

明明和高中的校舍一點也不像，爲什麼我會產生錯覺？

忽然間我好想哭，我忍著眼淚，衝出校門口招了計程車，直奔家的方向。

「千裔，妳回……」在客廳看電視的夕旖話還沒說完，我已經迅速走向房間，卻在關上房門前停下腳步。

無論我的情緒狀態如何，都不能失去作爲姊姊的樣子，於是我深吸一口氣，返回客廳。

果不其然，我看見夕旖一臉擔心站在沙發邊，如同小時候第一次發現爸媽並不相愛的事實一樣，目光裡流露出世界就要崩塌的不安。

「千裔，妳怎麼了嗎？」她擔憂地問。

「沒事，我肚子有點痛，所以……」我轉而朝浴室走，「晚餐我不吃了，等等你們三個人吃就好。」

「那要不要幫妳準備熱湯？」她鬆了一口氣。

「不用了，反正冰箱裡有食物，我晚點肚子餓會自己想辦法。」我微笑，然後進入浴室關上門。

我雙手擱在洗手臺兩邊，重重吐了一口氣，看著鏡中的自己。

「孟千裔，妳是姊姊，不可以讓弟弟妹妹擔心，不可以……」我輕聲呢喃。

我是弟妹們的支柱，當他們對爸媽之間的關係產生疑惑、當他們對我們的家庭抱有疑慮，我都必須讓他們知道，即便如此，我們還是很幸福。

我是姊姊，雖然我要他們叫我千裔，然而我是最年長的孩子，我有義務告訴他們正確的道路、正確的想法，避免令他們感到不安、避免令他們感到寂寞，他們應該帶著笑容，快快樂樂、開開心心地度過每一天。

所以我的任何負面情緒，他們都不該看見。

順便洗了澡走出浴室後，我聽見尙閎和之杏的聲音。本來想直接回房的，但如果沒有去和他們打招呼的話實在太不尋常，因此我撐起笑容，踏進客廳。

他們三個正在吃外送的披薩，之杏一邊問我要不要吃，一邊搶走尙閎手中那塊披薩上的泡菜。

「我好睏，想先去睡覺，你們不用留我的份。」

「千裔，妳最近怎麼了嗎？」出聲關心的是尙閎。

最近好多人問我這句話。我看起來眞的有這麼糟嗎？

「好像一直在發呆一樣耶，千裔，妳會不會發燒了？」夕旖說完就要過來。

「沒事啦，年紀大了，比較容易累。」我用開玩笑的語氣說。

「千裔才二十出頭，根本超級年輕好嗎！就算有一天千裔三十歲了，一定也還是跟二十歲的女孩子一樣漂亮。」之杏誇張地說。

「對，但是孟之杏妳二十五歲的時候就會像三十五歲了。」夕旖馬上奚落。

「妳才是！妳現在就像三十五歲！」之杏氣呼呼地回敬，兩個人又鬥起嘴來。

「千裔，累的話就快先去休息吧，晚點有什麼需要都可以叫我。」貼心的尙閎輕聲說，我點點頭，跟他們道了晚安，回到自己的房間。

關上門，我吐出一口氣，覺得終於放鬆下來。

現在可以看看李妍蓁放了什麼在我桌上了。

除了高中畢業紀念冊以外，還有幾本高中時期的課本及筆記本，眞不知道她是怎麼在我房間找出這些東西的。

這時，我注意到其中有一本藍色簿子，那是當時的數學作業簿，但打開一看都是些隨手塗鴉以及聊天的字句。

我要睡著了。

潦草的字跡寫著，後頭還寫了好幾個ZZZZZZZ。

不要打擾我好嗎？

這是我的字跡。

妳還不是回了。

透過這句話幾乎可以想像得到對方正得意地笑。

這是藍英倉的字，我快速翻閱，作業簿裡滿滿的都是我與他在課堂上聊天的內容。爲什麼會有這個？爲什麼我會忘了有這個？

我趕緊打電話給李妍蓁，問她是在哪裡找到這本作業簿的。

「就在妳的書架上啊，跟那些高中課本放在一起。」電話那頭很吵，看樣子她又在外面玩了，「我仔細想了想，以前我在電視上看過，人體不是有一種保護機制嗎？」

「保護機制？」

「當某件事情令妳感覺痛苦難耐的時候，大腦就會啟動保護機制，如同因爲電流超過負荷量而熔斷的保險絲一樣，使妳遺忘這件事，讓妳可以繼續照常生活。我猜，藍英倉的事情是不是就是這樣？一直到去了同學會，妳才像是被打開蓋子的潘朵拉盒子一樣，全部想起來。」

我顫抖著手，這個理論很可能符合我的情況，但是……

「爲什麼我會忘記那些過去？這好可怕，明明都曾經發生……」

「因爲妳當時很痛苦呀，孟千裔，妳爲什麼不承認？因爲妳太喜歡藍英倉了，所以他的離開讓妳覺得遭到背叛，讓妳……」李妍蓁頓了頓，嘆了一口氣，「我不想再說了，妳在夢裡好好回想起來吧。」

掛掉電話之後，我再次翻閱起作業簿。

爲什麼你看《鬼店》會哭？

我在紙上如此寫著，然而藍英倉沒有回應。

第七章

「藍英倉，你為什麼不回我？」

下課時間，我叫住正要往教室外面跑的藍英倉，旁邊的祁民皺起眉。

「我們要去打球，妳別來亂。」他對我講話老是很不客氣，我沒有理會他，只是盯著藍英倉。

「妳這女人……」祁民似乎還想多說我幾句，不過藍英倉伸手制止他。

「我來處理一下這個女人，你和頡佑先打吧。」藍英倉揚起笑容。

什麼叫「處理」？什麼叫「這女人」？這傢伙真是沒有禮貌。

祁民離開教室前忿忿瞪了我一眼，曾頡佑則拍拍藍英倉的肩膀，隨後也拿著球往外跑去。

藍英倉對我勾勾手指，要我跟著他走，我掃視了下四周，李妍蓁趴在桌上睡覺，而陳萱汶雖然在和她那群朋友聊天，但我注意到她的眼角餘光正往這邊飄來。

於是，我跟著藍英倉走出教室，他雙手插在口袋裡，沒扣上的藍色襯衫衣角隨風飄揚，他轉過身對我笑了笑，一頭卷髮就算沒有被風吹拂也凌亂不已。

我們來到走廊尾端，那裡有個小小的陽臺，他倚在欄杆邊望著我。

「所以為什麼？」

「上課要認眞呀，怎麼可以傳紙條呢？」他裝出好學生的態度。

「少來，平常有事沒事都是你在傳。」

「所以妳就改用數學作業簿傳，這眞是太厲害了，老師只會以爲我們是在傳筆記，果然會念書的學生做起壞事也特別有小聰明！」他故作讚歎。

「你以爲我很樂意？那是因爲上次你傳紙條被老師直接念出來，太丟臉了。」

「哈哈哈哈，我覺得很好笑呀，內容也沒什麼不是嗎？」

是啊，內容的確沒什麼，只是當下陳萱汶那幫人都惡狠狠地瞪著我，李妍蓁倒是樂得很，她覺得能讓陳萱汶這個班花生氣很開心。

「所以你爲什麼要哭？」我又問。

「妳很執著於這個問題呢，我上次不是回答過了？」

「你講得太含糊，我聽不懂。」

我已經想不起來，到底爲什麼我和藍英倉會變得這麼親近？

也許是因爲他每天都會和我說話，也許是因爲我在讀的每本書他都看過，也許是因爲園遊會那天他奇怪的表現，太多太多的也許，讓我無法忽視藍英倉這個人的存在。

尤其，那籠罩著他的憂鬱、那帶著笑意卻總像掩飾著什麼的表情，讓我非常在意。

「那個丹尼呀，才四歲呢。」忽然間，藍英倉開口。

丹尼是《鬼店》這本書裡的主角之一，他們一家人誤入了一間詭異的飯店，當明白父親被鬼魅所控制，而母親也沒有辦法逃出去的時候，丹尼意識到只能靠自己的力量突破困境。

「一個四歲的小孩子，要擁有何等的覺悟，要陷入多絕望的境地，才能說出那句話？」

> 媽媽和爸爸不能幫我，我是獨自一個人。

「孩子不是應該活在父母的庇護之下嗎？怎麼會讓孩子覺得必須靠自己呢？怎麼會讓孩子覺得自己有義務解決難題呢？」

「因爲他的爸爸被控制了，而媽媽也無能爲力……」我越說越小聲，藍英倉絕對不僅僅只是指《鬼店》的劇情。

「你想……改變什麼嗎？」

藍英倉對我一笑，「也許即便有了我，也沒辦法改變什麼。」

說完，他走過我身邊，我跟著他來到樓梯間，看著他往樓下而去。靠在樓梯的扶手邊，我看見藍英倉小跑步前往籃球場，和祁民他們會合。

> 「而丹尼最後還算是成功戰勝困境了，可是世界上有太多無能爲力的孩子，即使孩子再怎麼努力，還是有很多事情是沒辦法改變的吧。」

我想著他剛才那番話，還有他上次說過的話，那想法竟如此熟悉，與我不謀而合。即便有了我，也沒辦法改變什麼。

我的眼眶驀然溼潤，即使有了我，也沒辦法讓父母的感情變好，我小時候曾經如此絕望地發覺。

都說孩子是父母之間愛情的結晶，可是爲何我的父母之所以生下我，並不是因爲他們之間存在著愛情？

而這麼多年來，我依舊無法消弭夕旖和之杏的擔憂，只能不斷告訴她們，我們很幸福，試圖讓她們接受這個家庭不完美的一面。我努力用美好的糖衣包裝這一切，以手足之情、以父母對我們的親情掩飾不堪的事實。

明明最重要的，應該是愛情，那是一切之所以成立的理由。

我看著藍英倉，淚水瞬間潰堤，但我很快擦乾眼淚，吸吸鼻子，轉身回到教室。

後來，我們沒有再討論過這件事。

我們依舊會互傳作業簿聊天，大多時候我還是專心上課，不過一天下來，作業簿至少也會被用掉兩頁。對於我們的行爲，大多數同學都不覺得有什麼，但仍有些女生對此感到很不悅。

有天早上，藍英倉和李妍蓁一齊出現在我家一樓的大門口，我狐疑地看著李妍蓁，她拍了下額頭說：「我正巧遇見他，所以就一起來了。」

「你家在這附近？」我跟警衛道早後，看向藍英倉。

「沒有，只是剛好遇到李妍蓁，就順便來和妳一起上學嘍，大家一起上學，好青春呀！」他誇張地張開雙手。

「也沒什麼不好。」李妍蓁聳聳肩。

後來，我們一起上學就變成了常態，夕旖曾為此抱怨自己一個人上學很孤單。

我莫名地喜歡早晨那段前往學校的時光，有別於放學的黃昏時刻，清晨的空氣還有溫度都有種特別舒服的感覺。

「我之前聽說一件事。」由於頭髮長了，李妍蓁的頭頂已經有一大片未經染色的黑髮。

「妳還沒補染呀？」以往她總是一見到一點黑髮出現就補染。

「最近比較沒空，這個假日就要去染了。」她聳聳肩，然後壓低聲音，「我剛剛在廁所聽見了八卦喔。說起來，大家明知道廁所不是完全隱密的地方，為什麼還是喜歡在廁所講八卦？」

「這樣才有辦法被妳偷聽吧。」

她瞪大眼睛，「不錯嘛，妳還會講笑話。」

「所以妳聽到了什麼？」我們正在往音樂教室的路上，沿途遇到的同學們無一不多看李妍蓁幾眼。

「哎唷，剛剛被妳打斷，差點忘記了。」李妍蓁甩甩她的粉色長髮，「我聽見莫千繪說，要偷拿妳和藍英倉傳的那本作業簿去看。」

我立刻停下腳步，「這麼嚴重的事情妳現在才講？」

「因爲妳打斷我呀！」李妍蓁神情無辜。

「妳什麼時候聽到的？」

「剛才下課的時候呀，我一聽說就馬上跟妳講了。」她抬起下巴，十分得意。

我往音樂教室看去，陳萱汶那群人在教室裡頭，可是莫千繪不在。

我回想今天的課表，唯一會離開原本教室的課只有早上的體育課和現在的音樂課，所以我當機立斷往回跑。

「妳要去哪？」李妍蓁大喊。

「回教室！一定就是現在！」

「咦？」李妍蓁還站在原地，我已經三步併作兩步衝下樓。

我的心臟跳得飛快，雖然和藍英倉的聊天內容大多沒什麼，可那畢竟是屬於我們兩個的私人對話，無論如何，擅自被翻閱仍是令人不快。

當我喘著氣跑到教室門口時，還特地放輕腳步、調整呼吸，教室裡確實有個人坐在我的位子翻閱作業簿，然而並不是莫千繪。

「藍英倉？」我驚訝地喊出那個人的名字。

「妳怎麼回來了？」他頭也沒抬，面帶微笑繼續看著作業簿，這時鐘聲響起。

「你才是，爲什麼……」我左右張望，意外地不見莫千繪的身影。

「我忘記拿課本，所以回來教室。」他終於望向我，揮揮手中的作業簿，「千裔，放在這裡不太安全吧？」

「你看見什麼了嗎？是不是眞的有人要翻……」

他搖搖頭，打斷我的話，「我剛剛只看見千繪一個人，不過她拿了課本就走了。」

看來莫千繪沒有順利拿到作業簿，爲此我鬆了一口氣。

「雖然內容乍看之下沒什麼，但仔細瞧瞧，其實我們聊了不少呢，不管怎樣，被看到總是不好吧，妳要好好保管。」他朝我走來，把作業簿疊到我手裡的音樂課本上面。

「所以說，不要傳這些就好了啊！」怎麼變得像是我的錯一樣？

「所以說，傳紙條不是更好嗎？看完就可以撕掉丟了，不留下任何把柄。」他做了個撕東西的動作。

我沒再說話，我們一同離開教室。

「對了，妳聽過廁所的那件事嗎？」

我偏了偏頭。又是八卦嗎？

「你們男生也會這樣喔？」

「不是，那是妳們女廁的，不是傳說只要一個人去三樓女廁，就會在最後一間遇到一個跟妳借衛生紙的……」

「呀——」我沒料到他會忽然講起鬼故事，反射性大叫了聲並用手上的課本打他。

「哇！哇哇！妳幹麼反應這麼大啦！」藍英倉嚇了一跳，連忙擋下我的攻擊。

我們的吵鬧引來其他班級正在上課的一位老師注意，直接用麥克風警告：「同學，現在是上課時間，請安靜點好嗎？」

不是我自誇，我從小到大都沒有被老師罵過，所以頓時嚇了一大跳，藍英倉被我的反應逗得笑了起來。

「英倉，虧妹呀？」坐在教室窗邊的一個男生探出頭來。

「這不是孟千裔嗎？你虧不起吧！」另一個男生看了我一眼，大聲笑著對藍英倉說。

「全部安靜下來，現在是上課時間！」臺上的老師沉聲說，接著質問我們：「你們爲什麼不回教室？」

「報告老師，我們正要去音樂教室呢。」藍英倉哈哈一笑，拉起我的手往樓梯跑，那間教室裡的同學紛紛起鬨，叫好聲此起彼落。

「藍英倉！等一下！」他硬拉著我爬上樓，這樣的行爲實在很危險，於是我出聲叫住他。踩在上面兩格階梯的他轉過來，笑著鬆開我的手。

「喔，一個不小心順手……哈啾！」結果話還沒說完，他打了個大噴嚏，不偏不倚噴在我的臉上。

「哇靠，對不起！」他慌張地雙手掏著口袋想找面紙，但什麼也沒找到，而我靜靜拿出一包面紙，抽了一張擦拭自己的臉。

「藍、英、倉。」我壓低聲音。

「哇，我已經道歉了！」他說完立刻轉身就跑。

「你還想跑！」我追上去，我們的打鬧聲迴盪在校園中，快抵達音樂教室的時候，老師甚至驚訝地探出頭來。

我不會忘記當時陳萱汶那張漂亮的臉蛋上，浮現了多麼可怕的神情。

✦

「今天缺席的是藍英倉，請病假。」班導闔上點名簿，開始交代期末考的出題範圍，不少人忍不住抱怨期中考才過沒多久，怎麼現在就在提期末考，於是班導隨即展開冗長的說教。

我撐著頭，看向窗外。都說笨蛋是不會感冒的，沒想到藍英倉竟然感冒了。

「妳要不要去看藍英倉？」下課時，李妍蓁這麼問我。

「爲什麼要特地去看他？」

「我以爲妳會想去看他耶。」她露出不懷好意的笑，「畢竟自從上次你們上課時間在走廊上追來追去打情罵俏後，大家都把你們當成一對了。」

「不要亂講！」我覺得自己好像臉紅了。

「對呀，孟千裔根本配不上藍英倉好不好。」莫千繪冷冷插嘴。

「我又沒在跟妳講話。」李妍蓁臉色一寒，「怎麼有人這麼不要臉，喜歡擅自插話呀。」

「妳……」莫千繪被激得整張臉漲紅起來。

「好了啦，不要吵架。」開口勸架的是陳萱汶，雖然她皺著眉頭，卻掩飾不住那其實很痛快的愉悅表情。

等到她們那群人離開，李妍蓁才說：「陳萱汶也是八面玲瓏的假面女。」

「人本來就不可能十全十美，要是沒有莫千繪幫她出氣，她也沒辦法裝得柔弱可愛吧。」我不假思索地說。

李妍蓁挑起眉毛，「孟千裔，那妳知道陳萱汶這麼針對妳的原因嗎？」

「不就是因爲藍英倉？」

她揚起曖昧的笑容，「對呀，就是因爲藍英倉，嘿嘿。」

「不要那樣笑，很討厭。」我用手肘頂她。

「孟千裔。」祁民突然沉著一張臉走過來。

「怎麼了？」我冷聲回應。我本來對他沒什麼意見，只是他好像對我很有意見，所以我也理所當然地不給好臉色。

「這是今天的筆記，妳拿去給英倉。」他手裡拿著一個資料夾，裡頭裝著作業簿以及通知單。

「爲什麼要我拿去？」我皺眉。

「因爲我沒空。」

「應該有其他人可以去吧？」我左右望了望，覺得小胖、曾頡佑或是小鯨都可以。

「我也不想找妳，但只有妳可以去。」他毫不掩飾對我的厭惡。

「什麼意思？那如果是我想去可以嗎？」李妍蓁打趣地問，試圖緩和這劍拔弩張的氣氛。

「妳也不行。算了，孟千裔，妳跟我過來。」說完，他不等我答應便逕自轉身往外走。

「快去呀！」我一點都不想跟上，李妍蓁卻推著我。

「他那種態度……」我不高興地說。

「他的態度不重要，重要的是藍英倉，快去快去。」她推著我走出教室，隨後自己轉身返回。

祁民站在走廊尾端的陽臺處，我嘆了口氣走過去，抬起下巴注視他。

他再次把資料夾交給我，「裡面的通知單今天一定要給他。英倉感冒在家，也不知道有沒有人照顧……」

「他爸媽會照顧吧，這通知單老師說過不急，兩天後再交也可以……」

「孟千裔！」祁民幾乎是用吼的喊我，讓我有些嚇到。

「幹什麼？」我不悅地問。

「英倉他……他很注重隱私，每個人或多或少都有不想給別人知道的事，但是他讓妳知道了一些，所以只有妳能去。」祁民說著我聽不懂的話，「筆記和通知單只是藉口，我是要妳藉此去看看他的情況。」

「什麼意思？」

「人在生病的時候都很脆弱，反正妳去就對了。」他把資料夾硬塞給我，然後越過我直接離開。

「喂，祁民，說清楚啊！」我大喊，但他充耳不聞。

於是我被迫接下這個意料之外的任務，不過同時也被激起了好奇心。藍英倉老是神祕祕的，這下終於可以看到他私下的樣子了。

我按照老師提供的地址，來到了藍英倉的家。

他住在普通的八層公寓裡，一樓沒有管理員，任何人都可以自由進出，我站在大門口按下電鈴，然而沒有回應。

照理說，生了病的藍英倉應該在家才是，而且他的家人呢？難道沒有聽到嗎？

我又按了一次，依舊沒有動靜。

還是去看醫生了？

忽然，大門開了，一個老奶奶走出來。我立刻抵住門，對老奶奶點頭微笑，很快走進公寓裡。

裡面昏昏暗暗的，我打開樓梯間的燈並按了電梯，燈光一閃一閃，看來燈泡壞了。

不久電梯抵達，我關了燈，有點不安地踏入。

嚥了嚥口水，我決定還是先傳封簡訊給藍英倉，告訴他我正要去他家，不過還沒拿出手機，電梯門便開啟，迎面而來的是一個濃妝豔抹的女人。

「妳要出來嗎？」她沒好氣地對我說。

我看了眼電梯裡顯示的樓層燈號，趕緊出去，「啊，抱歉。」

「哼。」她走過我身邊，身上散發出濃烈的香水味。

這女人的態度還眞是討人厭。

我四下張望，確認藍英倉家的大門是那道深紅色的斑駁鐵門，遲疑了一會後，還是按下門鈴。

叮——

鈴聲相當刺耳，像是有人扯開破鑼嗓子尖叫般，看來門鈴應該很老舊。這次依然沒人應門，我不死心地多按幾下，感覺門鈴都要被按壞了，最後我氣惱地把資料夾捲起來卡在鐵門間的縫隙，就想離開。

這時彷彿聽見鐵門後有些微動靜，但躊躇了一陣，我還是決定轉身。

忽然，「砰」的清晰聲響傳來，我連忙回頭再次按下電鈴，大聲喊著：「藍英倉！你在裡面嗎？」

接著才想起還可以用手機聯絡，當我準備撥電話時，內門突然打開了。

「妳怎麼來了？」臉色蒼白的藍英倉站在鐵門後，皺著眉頭。

「我來看你，而且我有先傳訊息給你。開門。」我被他憔悴的模樣嚇到了，畢竟在學校裡總是只看到他笑著的樣子。

「走開，會傳染給妳。」他說完便要關門。

「不會，我的其中一項優點就是身體很健康，而且我要拿筆記給你，快點開門。」我高聲說。

在藍英倉自己來開門的瞬間，我就明白只有他一個人在家。也許在這個雙薪家庭非常普遍的時代，就算孩子生病了，父母也難以請假照料，只是這種感覺很悲傷吧。在我們家，只要有哪個孩子生病了，爸或媽其中一人都一定會特地待在家照顧，但大概也是因爲我們家經濟狀況允許，所以才有辦法這麼做。

「你一個人對吧？開門。」我再次要求，重重拍了下鐵門。

「我現在沒有力氣跟妳鬥嘴。」

「那就開門，然後快點回床上躺著。」我毫不退讓。

「……要是被傳染我可不管妳。」他說著，終於打開鐵門。

我立刻用手拉開鐵門，以免他反悔，藍英倉咳了幾聲，轉身往自己的房間走，而我環顧四周。

很一般的住家，雖不到一塵不染，也還算井然有序。

客廳的燈沒有開，只有從窗外落進來的微弱日光，眞的沒其他人在。我脫下鞋子，說了句「打擾了」，跟著藍英倉踏進他的房間。

「妳幹麼進來？」他嚇了一跳。

「不然我要待在客廳嗎？」我打量他的房間，除了制服隨意掛在椅背上外，倒是意外整潔乾淨，「我以為男生的房間會更亂。」

「是嗎？咳咳……怎樣，妳還看過哪個男生的房間？」藍英倉邊說邊咳嗽，爬上床縮回被子裡。

「我弟弟尚閎的。不過他的房間也很乾淨，反而是我妹妹之杏的房間比較亂。」我好奇地東張西望，牆上什麼也沒有，尚閎至少還貼了張運動員的海報，而藍英倉的書架上放的全是課本以及小說，既沒有漫畫也沒有雜誌，更沒有電動遊戲之類。

我以為他是回家後會打電動、房間一團亂、家中總是很熱鬧的那種人，今天卻看見了不一樣的他。

「東西放著，妳可以回去了。」他指指書桌。

「你有去看醫生嗎？」

「不需要。」藍英倉閉著眼睛，看起來很難受。

我想也沒想便伸手摸了他的額頭，他被我嚇得往床的另一邊縮，瞪大眼睛，「妳在做什麼？」

「你在發燒。沒看醫生的話，那有吃飯嗎？還是你家有感冒藥？不要以為是小感冒就沒事，你爸媽在上班嗎？他們知道……」

「閉嘴，妳不要管那麼多！出去！」他對我大吼，我不禁瑟縮了一下。

突然間，我明白為什麼祁民要我過來了。

「你好好休息。」說完，我轉身離開他的房間，並關上燈與房門。

他沒有叫住我，我環顧四周，沒發現他們家的鑰匙。我想出去買點東西，但回來的時候藍英倉想必不會再幫我開門。

可是我總不能就這樣走掉吧？

所以我進了廚房，打開冰箱，然而裡面空空如也，沒有食物就算了，連飲料也沒有。接著我打開冷凍庫，甚至連冰塊都找不到。

我在廚房裡稍微翻了一下，不見任何現成的食物與食材，這個家幾乎是空蕩蕩的。看樣子沒辦法了。我拿起手機撥給之杏。

「幫我送一些東西來這個地址。」我囑咐，並念出藍英倉家的地址。

「那是哪裡呀？爲什麼？等一下，妳要的東西很多耶！」聽著我一一說出需要的物品，之杏忍不住怪叫。

「別讓尙閎知道，妳自己一個人過來。」

「怎麼了嗎？千裔，別嚇我呀。」之杏的語氣略帶不安，我只是要她別擔心。

交代完畢後，我坐在客廳的沙發上等之杏過來。大概過了三十分鐘，手機響起，我打開鐵門。

「千裔，這邊是哪裡？好可怕的感覺。」還穿著制服的之杏顯得有些害怕，手裡提著一大袋我交代她買的東西。

「尙閎不知道吧？」

「嗯，我丟下一句關你屁事就跑出來了，這件事也不能讓夕旖知道對吧？」之杏把袋子遞給我，「怎麼了？有誰生病了嗎？」

「我的朋友。」我接過袋子，「回去的路上小心，到家跟我說一聲。」

「朋友是男生嗎？」之杏露出狡黠的笑容。

「別多事。」我沒好氣地說。

「好啦，我會保密的！」之杏做了個敬禮的動作，蹦蹦跳跳離開了。

關上鐵門，我把袋子裡的東西全拿出來，有運動飲料、毛巾、退熱貼、感冒藥以及幾顆雞蛋、青菜，還有現成的白飯等，而後我把長髮盤成丸子頭，準備下廚。

首先將白飯與水和在一起，用小火煮至濃稠，並灑入些許鹽巴，再放進切成絲的胡蘿蔔，最後加入打好的蛋液和適量青菜稍微攪拌，稀飯就大功告成了。

接著，我把運動飲料和水用一比一的比例混合，並準備好感冒藥及溫水，連同煮好的稀飯一起放到托盤上，端進藍英倉的房內。

房中昏暗無比，只能透過窗外投射而入的燈光隱約看見他的身影，藍英倉睡得很沉，卻眉頭深鎖，看起來相當不安穩，他似乎在做噩夢，夢囈連連。

「藍英倉。」我輕聲呼喚，把托盤放到書桌上，用毛巾爲他擦汗，他緊皺的眉頭稍稍鬆開。

「媽？」他微微睜開眼睛，在看見我的瞬間瞪大眼，顯然大受驚嚇。

「我煮了稀飯，吃一點吧。」我走到電燈開關邊，「我要開燈嘍。」

昏暗的房間明亮起來，撐起上半身的藍英倉伸手擋住光線，「妳怎麼還在？」

「我怎麼可能就那樣走了？你家沒有人，要留你一個生病的人在這嗎？」我回到他身旁，將稀釋過的那杯運動飲料遞給他，「你全身都是汗，先喝掉這個，要小口小口地喝。」

「妳幹麼做這種事？」他一副生氣的樣子，不過身為一個病人，他的怒氣也不怎麼嚇人。

「再怎樣我都要等到你的家人回來才能離開。」

「他們不會回來。」

「那我就不走啊。」

他大概沒料到我會這麼回答，滿臉不可思議看著我，我再次將杯子遞過去，他來回打量著杯子和我的臉，好半晌才伸手接下。

「慢慢喝，不要太急。」我叮囑，但他完全把我的話當耳邊風，彷彿不知道渴了多久一樣，一下子全喝光，我無奈地嘆了口氣，「你會肚子痛。」

「妳還煮了吃的？」他看著桌上熱騰騰的稀飯，「我家沒有那種碗。」

「你家什麼東西都沒有，全是我叫我妹妹買來的。」我大致說了一遍來龍去脈，並把托盤端到他面前，「你能自己吃吧？還是要我餵你？」

他看著稀飯，那表情像是孩子一樣，眼眶隱隱有些溼潤。

「我能自己吃。」

「那我坐在這邊可以嗎？還是要我去客廳？」我輕柔地問。

「在這就行了。」他的聲音近乎呢喃。

於是我待在這裡，看著他一小口、一小口吃著稀飯，中途他的淚水不自覺滴落到裡頭，他喃喃說：「這稀飯太鹹了。」

「鹹的是你的眼淚吧。」我說，卻沒有嘲笑他的意思。

我也忍不住想哭，藍英倉眞的是藍色的，跟這整個家給我的感覺一樣。

原來他跟我一樣無能爲力，我們的存在都沒能改變父母。

「妳曾經想過如果有一天，自己從世界上消失了，結果會怎麼樣嗎？」

吃完稀飯，在我的強迫下，他又服用了感冒藥與退燒藥，而後睡了一會兒。時間來到晚上九點多，他的家人還是沒有回來。

我坐在他房間裡的椅子上，一邊不時幫他替換敷在額頭上的毛巾，一邊翻閱著書櫃裡的書籍。

就在這時候，他忽然開口問我。

「我以爲你還在睡。好一點了嗎？」

我靠近床邊，他打算坐起來，我伸手想幫他，他卻拒絕。

「妳想過嗎？」

「想過什麼？」

「如果有一天，妳從世界上消失了，結果會怎麼樣？」

對上他清澈的雙眼，我明白這不是什麼中二病發作，他是認眞地想討論這個問題。我搖搖頭，「不會怎麼樣吧，什麼都不會改變。」

「我想也是。」他虛弱地扯出微笑，「孟千裔，是祁民要妳來的吧？」

「嗯，他說你很注重隱私，不能找別人。」我模仿祁民那惹人厭的表情，藍英倉笑了。

「如果是班上的其他同學來，不，應該說無論是學校裡的哪一個同學來，看見我這個樣子應該都會幻滅吧。」

「爲什麼會幻滅？」

「總是笑容滿面、人見人愛的藍英倉，怎麼在家裡這麼孤單、這麼可憐……」

我制止他說下去，他看著我，「難道妳不覺得嗎？」

「我不覺得你可憐，自己說出這樣的話才是可憐。」我握住他的手，「藍英倉，也許很多事情我們都沒辦法改變，可是……」

「妳這個大小姐爲什麼有時候看起來這麼憂鬱呢？一開始我十分好奇這點。」藍英倉打斷我的話。

「我憂鬱嗎？你才憂鬱吧。」我失笑，卻感受到他反握住我的手。

「後來，我得知妳有三個弟妹，得知妳家很有錢，我心想，果然是個不知民間疾苦的大小姐呀。可是有一天，就是那天我說妳看我不順眼，是因爲自己在學校和在家裡的地位不同時，我忽然意識到，能被弟弟妹妹如此依賴的姊姊太不可思議了。一般來說，兄弟姊妹不是都會吵架嗎？不是都會打打鬧鬧、嫌彼此很煩嗎？於是，我稍微打聽了一下，得知妳弟弟是領養來的。」

「嗯，我沒有想要隱瞞這件事，這並不會影響我對尙閎的愛。」

他溫柔地、卻也悲傷地揚起嘴角，「我的猜測是，妳能如此毫不掩飾自己對手足的愛，是不是因爲一定得這麼做，才不會注意到某些哀傷的事實？」

我心臟一縮，「什麼事實？」

「那些愛，也許都是假象。」他的眼神看起來毫無生氣。

「藍英倉，你怎麼了？」直到手背上感覺到溫熱的液體，我才發現自己流下了眼淚，「爲什麼要用這種眼神看我？你所說的，眞的是我嗎？」

「我說的是妳，也是我。」他凝視著我，在那空洞的雙眼之中，我看見了自己。

我討厭掉眼淚，我認爲這是軟弱的表現，但是此刻我止不住地落淚。我們看著彼此流下淚水，這絕不是軟弱，也不是因爲痛苦，只是除了流淚，不知還有什麼方法能宣洩這份沉重的悲傷。

我們都還只是孩子，背負的東西卻太重太重。

「我的父母是奉子成婚。」在我們終於冷靜下來，並陷入有點尷尬的氣氛時，藍英倉開口說。

「我父母倒是爲了傳宗接代才生孩子的。」我接話，他朝我一笑。

「所以，他們之間沒有愛嘍？」他問。

「所以，你的父母之間也沒有愛嘍？」我的反問就是我的答案。

「不只如此，他們對我也沒有愛。」

「我的父母倒是愛著我們。」我扯扯嘴角，「可這依舊令人難受。」

「有了愛才會心甘情願付出，否則就只是責任而已。」藍英倉握住我的手，認眞地看著我。

「我希望他們愛我不是因爲責任感，而是因爲他們彼此相愛，所以也愛我這個雙方結合後生下的孩子。」我說出內心深處的願望。

父母是父母，我是我，所有人都是獨立的個體，但這仍是我最初也最大的願望。即便事到如今，我已經學會不去在乎。

只是我依舊想知道，爲何我的誕生也無法使他們開始相愛？

藍英倉用力握緊我的手，我的心願也是他的心願。

後來他又睡去，我在他身邊伴了一夜，直到吵雜的聲響將我喚醒。

睡眼惺忪的我看向窗外，發現天空已經亮起，於是驚慌地查看手機，時間是六點二十九分，下一秒跳成三十分，手機鬧鈴響起，我趕緊按掉，然後看見夕旖及尙閎傳來的簡訊。他們詢問著：「要回來吃晚餐嗎？」、「怎麼還沒回家？」，接著又看見之杏的訊息：「我跟爸媽和夕旖、尙閎說妳今天在姸蓁姊那過夜，科科。」

她一定想多了，不過幸虧有她幫我掩飾，讓事情沒有鬧大。

我看著熟睡的藍英倉，心想他大概需要多休息一天，而且昨天那樣在彼此面前大哭又互相吐露心聲後，馬上就要一起上學或是在學校打照面，還眞的有點尷尬。

窸窸窣窣的聲響持續從客廳傳來，像是有人在翻找東西，同時還伴隨著罵聲，聽起來似乎在發脾氣。也許是他的家人回來了，那我是不是該出去打招呼？

我的鞋子放在外面，他的家人應該會發現。

「先別出去。」

我還在猶豫，此時藍英倉忽然說話。

「你醒了？有好一點嗎？」我轉過頭，他面無表情地盯著我。

他點點頭，撐著身體坐起來，我原本想過去扶一把，但看他精神好多了，於是便站在原地。

「外面的人應該是我媽。」

「你媽知道你生病嗎？她應該會看見我的鞋子，沒關係嗎？」

藍英倉笑了，很冰冷的那種笑。

「她不會注意到。」

「藍英倉……」

「我早就習慣了。」

騙人，這種事情怎麼可能習慣？

「藍英倉，你有沒有看見……」門忽然被打開，一個表情不耐的濃妝女人闖進來，看到我之後微微一愣，我認出她正是昨天在電梯遇見的那個女人。

「唉唷，你帶女生回來啊？」女人揶揄，語氣無比輕浮。

我看著藍英倉，這眞的是他媽媽嗎？

「媽，她是我的同學。」像是爲了回答我的疑問，藍英倉淡淡說。

但女人擺擺手，一點也不在乎，「你有看見我的健保卡嗎？」

「妳那天放在藥袋裡。」

「哎，對啊！」女人說完，轉身便要走，接著又停下來，不懷好意地笑著打量我，「不要有其父必有其子啊，年紀輕輕要是懷孕了，就得像我當年一樣，帶球嫁人。現在看看，這是人過的生活嗎？」

「妳……」我氣得想回嘴，藍英倉卻拉住我的裙襬。

「媽，再見。」

「呿，生個兒子這麼冷淡，早知道當年打掉就好了，說不定現在我的人生會變得順利一點。」她嘲諷地高聲笑著走回客廳，又是一陣翻箱倒櫃後，她終於離去，砰的一聲甩上鐵門。

我氣得發抖，握拳的雙手捏得死緊，藍英倉握住我的手。

「妳生什麼氣？」

「怎麼能不生氣？」我一開口，眼淚便掉下來。

「至少，妳父母是愛妳的。」他的聲音十分苦澀，想必說出這句安慰讓他多麼痛苦。

「她有沒有身為母親的自覺？她不知道你生病了嗎？怎麼可以說這種話？」

「可能她自己的病才剛好，沒心思注意其他事情吧。」

「所以你感冒是被她傳染的？」

「照顧家人是人的天性，對吧？」他微笑。

我用力搖頭，眼淚全滴落在地上，「對有些人來說，不是！」

「但對我來說，是。」

或許就是因為我們如此相像，所以在無形之中，才會互相吸引。

第八章

我睜開眼睛，發現已經是下午了。我從來沒有睡得這麼久過，這讓我相當驚訝。更令我驚訝的是，枕頭被我的淚水浸溼了一大塊，暈染出朵朵深色痕跡。

「千裔，妳醒啦？我還在想要是妳再睡下去，我就要叫救護車了。」夕旖冷不防打開房門，我趕緊側身，以防她看見枕頭上的淚痕。

「我太累了，等等想洗個澡。」我打起精神回應。

「那我先幫妳放洗澡水？要吃三明治嗎？我幫妳微波。」夕旖小心翼翼地問，也許還是發現了不對勁。

「好啊，麻煩妳了。」我說，聽到房門關上後才爬起身。

我抽了幾張面紙擦拭枕頭，手機傳來震動，是李妍蓁的訊息。我猜大概是想問我是否又做了夢，於是暫時沒點開。

另外一條訊息來自黃宣甯，內容提到這禮拜輪到她去動物之家當志工，但她家裡有事，想請我代班。我回了個「OK」的貼圖，並點開剩下幾條訊息。

「千裔，妳今天蹺課了，眞難得呀！」

「不會是我之前說的那些話嚇到妳了吧？那讓妳覺得男人都很壞嗎？」

「宣甯這禮拜沒法去動物之家，本來輪到阿瑞和她搭檔，可是那個臭小子又有事情，改讓莞竹代替他。那妳要代宣甯的班嗎？」

一連串的問句來自高元瑋，我思索一下，跟他說我只是身體不舒服，不是被他嚇到，然後答應代班。

回應完畢，我將手機丟到床上，高元瑋馬上再次傳來訊息。我沒點開，而是踏進浴室，脫去吸了滿身汗的睡衣，身子浸入夕旖幫忙放好的熱水中。

水溫剛好，熱氣氤氳，在一片朦朧之中，我彷彿又回到夢裡，藍英倉在我眼前笑著、哭著。

然而這一切並不存在於現實。

✦

最近有個非常受歡迎的日本現代畫家來臺灣舉辦展覽，他的所有畫作有個共同點，就是畫中人物的笑容裡總是帶著憂鬱，聽說許多人看著那些畫都會忍不住流淚，卻也因此得到療癒。

黃宣甯嚷嚷著如此夢幻的展覽，身為女人一定要去看，慫恿我買了兩張票。

「妳打算什麼時候去看？」我拿著票券問她。

「嗯……我再跟妳約啦。」她扭扭捏捏，然後傻笑了起來，「其實，我交男朋友了。」

「這樣啊，聯誼終於有成效了？」我一扯嘴角，「不然這兩張票讓妳和男朋友去吧。」

「不行，這是我和好姊妹的約會，我們要一起去啦！」她不同意，「如果我下禮拜沒約會的話，我們就下禮拜去吧！」

「還說好姊妹呢，根本把我排在男友後面。」我調侃她。

黃宣甯嘟起嘴，「才沒有呢，男朋友可能會分手，但是好姊妹是一輩子的。」

「好姊妹也可能會吵架然後絕交呀，而男友可能會結婚成爲老公呀。」

「呸呸，別說這種不吉利的話！」她猛搖頭，「對了，這個禮拜妳和莞竹一起去動物之家沒問題嗎？」

我皺眉，不明白爲什麼她會這麼問。

「咦？」黃宣甯也一臉疑惑，好像覺得我應該要知道她這樣問的原因，「妳……」

「怎麼回事？難道我和莞竹之間有什麼問題嗎？」

她東張西望，抿了抿唇，「其實現在的社會道德淪喪……不是，我是說現在的社會這麼開放，也不是有了男女朋友就不能變心，結婚都可以離婚了，還有什麼不行呢？總歸來說，相愛才是最重要的……」

「妳在說什麼啊？」我完全聽不懂。

「妳不知道？那這些事情是眞的嗎？」她大驚。

「什麼事情？妳說清楚一點！」

黃宣甯壓低聲音，「妳不是和高元瑋在一起了嗎？」

「什麼？」我傻住了，這還眞的是個大誤會。

「大家都在傳耶！」黃宣甯撿起嘴巴，趕緊小聲告訴我傳聞都說了些什麼，主要是很多人看見我和高元瑋一同出遊，然後彼此靠得很近之類。我不敢置信，問她是否也相信這些流言。

「這……我沒想那麼多。」看樣子她是信了。

「妳覺得我是會做這種事的人嗎？搶別人的男朋友？」

「我並不覺得這種事有所謂的對錯，其實我得知消息的當下還挺開心的。」

「開心？」

「因爲妳不是說自己沒有戀愛經驗，又因爲父母的關係而不相信愛情嗎？所以我想，如果妳眞的和高元瑋在一起，那也沒什麼不好。」

「什麼意思？」

「因爲即使他已經有女朋友，妳也願意冒著被旁人譴責的風險和他在一起，這不是代表這份愛很堅定嗎？才會讓妳寧願承受輿論也要順從自己的心意。」

「這沒那麼偉大。」我說，「何況，我和高元瑋之間沒有什麼。」

「眞的沒有？」她瞇著眼睛，再次確認。

「眞的。」我肯定地回答。

「可是千裔，傳聞不會是空穴來風，如果妳眞的沒意思，還是小心一點比較好。」她歪著頭，「莞竹一定也知道了，所以我剛剛才會問妳和她搭檔有沒有問題。」

「沒問題的，正好可以順便解釋。」我頓了頓，「這個傳聞多久了？」

「好一陣子嘍。」

「高元瑋知道嗎？」

「何止知道，還有人直接問他呢。」

「他的反應是什麼？」

「我沒親眼看見，但是我聽說，他沒有承認也沒有否認。」

「啊？」

「據說他呆住了，似乎沒料到會有這樣的傳言，也沒料到會被人誤解。」黃宣甯的表情若有所思，「會有這個傳聞，好像是因爲他總是用充滿愛意的眼神看著妳。」

「到底是哪來的謠言？」

「有人的地方，就會有謠言。」黃宣甯一攤手。

「不過我想高元瑋之後應該也是一笑置之吧，畢竟他還若無其事通知我要和莞竹搭檔。」

黃宣甯聞言歪了歪頭，我問她怎麼了，她笑笑說了句沒事。

「總之，有任何狀況的話，隨時都可以打給我。」她忽然皺眉，「妳最近看起來精神一直很差，我原本以爲是高元瑋的事讓妳心煩，現在誤會解開了，那妳又是爲什麼精神不好？」

因爲高中時的回憶。

「沒事，也許是年紀大了，體力大不如前。」我搖搖頭，最近總是用這個不太有說服力的理由。

「是嗎？妳也才二十出頭，說得太誇張了吧。」她顯然不相信這個說法，卻也沒再追問。

接下來幾天，我與高元瑋的相處一如往常，只是每當我們交談的時候，都會感受到其他同學投來的詭異視線。

這樣的注視不知道持續多久了，我竟直到現在才發覺，而羅莞竹有沒有誤會呢？不過她的態度一樣沒有變化，仍舊會與我談天說地。

或許眞正在意這件事的，只有那些八卦的旁觀者，我們幾個當事人坦蕩蕩的，想必時間久了，不需要解釋傳言也會不攻自破。

「千裔，我們明天怎麼約？直接在動物之家見嗎？」羅莞竹勾著高元瑋的手，笑著問我。

「都可以呀，那就直接約在那裡吧。」我將課本收進背包。

「妳們不一起吃個早餐嗎？」高元瑋說著，將手從羅莞竹的臂彎之中抽離。

「我會先在家吃早餐。」我隨意回應，假裝沒注意到羅莞竹臉上一閃而逝的失落。

「下次我一定會補回來的。」黃宣甯雙手合十，而後她的男友來教室接她，她一臉幸福跟著離開了。

「談戀愛就是那樣嗎？」我聽見高元瑋喃喃說。

「女人就是那樣的呀，她的幸福全寫在臉上了。」羅莞竹微笑。

要是在以往，我肯定會吐槽一句「你們不也是戀愛中嗎」，但如今知道了高元瑋的眞實心情，又聽說了莫名其妙的傳言，我想此刻還是速速閃人才是上策。

「我先回去了，和高中朋友約好了。」我背起背包，對他們兩個揮手。

走在長廊上，我見到小黑興奮地跑過來，於是彎腰摸摸牠的頭。牠瞇起眼睛，看起來很享受，隨即又搖著尾巴往我的後面跑去。

我隨著小黑回過頭，發現高元瑋居然看著我，小黑跑到他的腳邊撒嬌討摸摸，他俯身拍拍小黑的頭，再次抬頭望了我一眼。

「小黑！」羅莞竹伸手撫摸小黑，我趕緊轉身，不再回頭。

一路走到校門口，站在那裡的李妍蓁正被人搭訕，手裡還點著菸。

待我走近，搭訕的人已經離去，李妍蓁將菸蒂丟進攜帶式菸灰缸，不忘噴些香水去除氣味，雖然一點用也沒有。

「妳們大學的男生素質滿高的，但搭訕技巧有待加強。」她揚起笑，那模樣既美麗又充滿自信。

「所以妳是答應還是拒絕？」

她挑眉，「當然是答應了，學生時代累積的人脈也許會成爲未來的助力，我會好好利用的。」

「腦袋像妳一樣清楚的女生還眞不多見。」我聳聳肩。

「妳也是呀，所以我們才會變成好朋友。」她勾起我的手，另一隻手沿著我眼眶周圍的黑眼圈按了按，「睡得這麼多，卻都像沒睡一樣嗎？」

「等於重新過一次高中生活，太眞實了，讓我覺得有點可怕。」

「那我們回去高中的學校一趟如何？」

我立刻搖頭。

「爲什麼？」她問。

「我在夢裡已經活在高中時代了，別讓我在現實中也跑去那裡吧。」我避重就輕。

她用銳利的目光盯著我瞧，彷彿要找出什麼破綻，而她的確也察覺到了不對，卻只是捏捏我的手心，心疼地說：「不管怎樣，我都會在喔。」

「今天我的大學同學也說了類似的話。」我感覺內心暖洋洋的。

「是嗎？妳很幸運呀，身邊聚集了很多好人。」李妍蓁勾起嘴角，「只是最好、最漂亮的人還是我。」

「好，是妳。」我親暱地用頭輕輕蹭了她的頭一下。

「話說回來，我這禮拜要和祁民見面。」她忽然語出驚人。

「爲什麼？」

「我總覺得有些事情很讓人在意，不過我先聲明，不是我約他的，是他主動打電話給我。」李妍蓁嘖了聲，「妳不覺得祁民變得有點帥嗎？」

「我覺得他跟以前長得一樣啊，等等，妳不會是……」

「別說！我不要聽！」她摀住耳朵，露出淘氣的微笑，「任何男生都可以是戀愛對象。」

「如果有什麼戲劇性的發展，記得跟我說。」我努努嘴，「不過高中的時候你們挺水火不容的耶。」

李妍蓁轉轉眼珠子，不置可否，我睜大眼睛，「難道有什麼事是我不知道的？」

「嘿嘿，也沒什麼，只是他高中時跟我告白過。」

「是什麼時候？我怎麼不知道！」我大感意外，忍不住搖晃她的肩膀。

「就是在妳和藍英倉吵架的那段期間，不過我當時對祁民沒什麼意思，也覺得沒必要特別告訴妳。」她扯扯嘴角，「那時妳那麼傷心，我怎麼可能會跟妳講這種事。」

「對呀……」我的記憶又出現斷層了，「我和藍英倉最後吵架了，可是到底吵了些什麼，我現在一點也不記得了。」

李妍蓁搭上我的肩膀，換她用頭輕輕蹭了我的頭一下，「放心，在夢中妳會想起來的，覺得撐不下去的話，隨時打給我。」

我微笑，點頭答應。

星期六，我起了個大早準備我們四姊弟的早餐，就在將最後一份早餐端上桌時，之杏準時地走出房間。

「好香呀！」她伸著懶腰，開心地來到餐桌邊。

「之杏，先去刷牙洗臉，還有加件外套才不會著涼。」我叮嚀。

「我不是小孩子了。」她吐吐舌，不知爲何眼睛有些紅腫。

「之杏，妳哭了？」

「哪有，是剛睡醒所以水腫啦！」她急忙否認。

我笑了笑，沒有追問。

誰沒有一兩件不想讓人知道的心事呢？

就算是最親的兄弟姊妹，也不可能事事彼此分享，但我們都會在這個家裡，等待每一個家人歸來。

不久，夕旖和尚閎也起床了。我們已經很久沒有一起吃早餐，看著這樣溫馨的畫面，我不禁產生今日也許會十分美好的錯覺。

我靜靜用餐，看著他們說說笑笑，卻也發現每個人的神情都有一絲異樣。那隱藏在笑容之中的哀傷掩飾不住，我們都知道彼此懷抱著傷痛，只是誰都沒有戳破。

默默地溫柔陪伴，需要多深刻的愛才能做到呢？能擁有他們，或許就是我最大的幸福吧。

「哈囉，千裔，我在這邊！」我還等著過馬路，就已經看見羅莞竹在動物之家門前對我招手。

她穿著短褲和合身襯衫，頭髮編成兩條麻花辮，戴著一頂帽子，看起來十分可愛。

「妳很早就到了嗎？」我小跑步穿越馬路。

「沒有，也是才剛到，今天除了我們還有很多其他大學的志工，也有幾所高中的學生耶，看來大家終於注意到流浪動物的照顧問題，越來越多年輕人願意來這裡當志工了，我覺得這是件好事！」

羅莞竹開心地說，見狀，我暗暗鬆了一口氣。看來她真的不在意那些流言，但本來就沒有的事，又何須在意呢？

羅莞竹展現出的氣度讓我相當欣賞，同時也訝異平時總黏著高元瑋的她，聽見這樣的傳聞後還能沉得住氣。

然而我不免又有些難受，她知道高元瑋真實的想法嗎？

「千裔，我們快去報到吧。」

「嗯，走。」我回過神，跟著她朝辦公室走去。

負責分派工作的小姐和上次不同人，但我們一樣分配到了幫狗兒洗澡的任務。羅莞竹皺眉問：「能換成別的工作嗎？除了洗澡以外的都可以。」

那位小姐有些困擾地翻著紀錄本，「但是其他工作都安排好了，而且我看你們社團之前的紀錄，還滿常幫忙替狗狗洗澡的，我想交給你們這種有經驗的志工比較好，不然有些狗怕水，我怕其他人應付不了。」

「沒關係，我們就幫狗洗澡吧。」我答應下來，隨後和羅芫竹一同去工具間。

她看起來悶悶不樂，「我不是驕縱，也不是覺得牠們很髒才不想做這項工作，只是……」

我笑著接話：「除了洗澡的時候，妳很討厭身體被弄溼對吧？」

她瞪圓眼睛，「好厲害，妳怎麼知道？」

「之前高元瑋跟我提過。」

「喔，他連這都跟妳說呀。」她的表情頓時僵住，不過還是瞇著眼微笑。

氣氛有些尷尬，我想主動澄清那些傳言，卻又覺得這彷彿此地無銀三百兩，於是決定以不變應萬變。

「我來幫狗洗澡，妳只要負責帶牠們過來，之後再帶牠們去廣場那邊跑一跑，這樣就不會弄溼身體了。」我提議。

「沒關係，妳不用刻意這樣。」她勉強扯扯嘴角。

「每個人都有不喜歡的事情，如果妳真的不喜歡，我也不介意自己幫全部的狗洗澡。」

「眞的沒關係。」她堅持，我再多說也不妥，只能聳聳肩。

似乎在賭氣的她一言不發走到籠子邊，依序放出幾隻小型犬後，我們分別幫小狗們洗澡。羅莞竹始終緊皺眉頭，我注意到當水濺到她身上時，她的肌膚便會泛起一顆顆雞皮疙瘩。

「莞竹。」

「怎麼了？」她正努力地想替眼前的小狗洗淨身子，然而她的不安或許感染了狗兒，讓小狗更加無法靜下來。

「讓我來就好。」

「妳是覺得我做不到嗎？」她有些惱怒。

「對，妳看看妳自己的皮膚，還有妳的表情。」我直言不諱，「別讓妳的情緒影響到狗狗，妳會讓牠們不安。」

她大概沒料到我會說得如此直接，好勝心瞬間像是被澆熄了一樣，聽話地站起身把手上的小狗交給我。

「麻煩妳了。」

「那這邊洗完的小狗再請妳帶去廣場讓牠們跑一下。」

分工之後，一切的進展順利多了，但她也沒再和我說話。

我們就這樣默默把全部的狗清洗乾淨，而之前那隻不親人的米克斯今天依舊縮在籠子角落。

「那邊還有一隻。」她指著低鳴的米克斯。

「那隻沒辦法，上次我們也沒有幫牠洗澡。」

「爲什麼？」羅莞竹好奇地問，我把上次得知的情況告訴她。

「我和高元瑋試過，可是牠感覺就會咬人，所以就不冒險了。」

羅莞竹低著頭，握緊拳頭，「也許正是因爲曾經愛得很深，被拋棄的牠才會變得極端到誰也不相信。」

「大概是這樣吧。」我將水管盤起，放入桶子之中，「把東西拿去還吧。」

「可是如果就這樣任由牠不去相信愛，牠會死掉的。」羅莞竹看著我，淚眼婆娑，「被愛背叛過的牠，必須再次感受到愛，才能夠重生。」

「可是……」

「交給我吧。」羅莞竹毫不猶豫地打開狗籠，米克斯馬上擺出戒備的姿態，嗚嗚低吼。

「等一下，莞竹，太危險了……」我靠過去想阻止，但她伸手擋住我。

「放心，妳不要過來。」她堅定地表示。

陰暗的角落裡隱約可以看見米克斯的一對紅眼睛，牠那發抖的聲音叫人心疼。

羅莞竹略微彎腰，雙眼緊盯著米克斯，緩緩伸出手，米克斯持續低鳴卻沒有動作，於是她伸出另一隻手，然後雙手攤開，掌心朝向米克斯。

米克斯的低吼聲轉弱，身體也不再弓起，而羅莞竹完全蹲下，掌心往上一點一點縮回手，接著慢慢靠向米克斯。

牠叫了聲，原地轉了一圈，不再低嗚，不過也沒有更多反應。

羅莞竹再次謹慎地靠近，看得我緊張起來。

「妳們在做什麼?」動物之家的一位工作人員忽然走過來喊了聲，嚇得米克斯大聲吠叫，看起來很害怕。羅莞竹小心地往後退，最後將籠子關上。

「妳這樣很危險，那隻米克斯有攻擊傾向。」工作人員有些生氣。

「不會的，你們只要多花點時間用眼神跟牠交流就可以了。」羅莞竹揉揉鼻子，「曾經感受過愛的，不會忘記被愛的感覺，不要放棄牠。」

「我們沒有放棄……」工作人員低聲說。

羅莞竹轉身，幫我一起收拾東西。

在走向工具間的時候，我驚訝地說：「妳好厲害，牠眞的安靜下來了。」

「眼睛被稱爲靈魂之窗不是沒有理由的，眼神交流是跨越物種、跨越語言的溝通方式。」她低下頭，「任何事情都瞞不過眼睛。」

羅莞竹的話讓我感到胸口深深刺痛。

是呀，眼神確實可以傳遞很多訊息。

「嗯，我想牠很快就可以走出那籠子的。」我言不由衷。

「在我國中的時候，我爸媽離婚了……怎麼前一天還那麼恩愛的樣子，隔天卻說要離婚呢?他們的感情什麼時候變了，我卻沒有注意到?我好困惑，覺得天都要塌下來了。」她忽然說起自己的過去。

「嗯……」我一時不知道該如何回應。

她側著頭，帶著淺淺的笑容看我，「妳知道這些事嗎？」

我原本想搖頭，但說謊不會更好，所以我選擇坦承，「聽過一些。」

「果然，元瑋告訴妳了。」她的神情有些淒楚。

「他沒有講得很詳細。」

「我不怪他，本來就不是不能說，只是我訝異他真的告訴妳了，表示妳對他來說很特別。」

「這……」

「我剛剛說了，眼神不會說謊，也許我早已隱隱察覺爸媽之間的不對勁，只是假裝沒發現。在他們離婚的那天，我覺得自己的愛被背叛了，所以當元瑋說他會陪在我身邊的時候，我趁機告白，說自己想要的是愛情。」她將水桶放在角落，並把水管拿出來掛到牆上的掛勾，「元瑋幾乎沒有任何猶豫就答應了我，那時我非常高興，高興到甚至有些感謝父母的離婚，讓我可以和一直很喜歡的人在一起。」

說到這裡，她泫然欲泣，「但是，也在那個當下，我發覺元瑋其實一點都不喜歡我，他根本分不清楚愛情與友情，他甚至不在乎這兩者之間的差異，他只是想讓我重新站起來，讓我有所依靠。我覺得他好偉大，同時也覺得自己好卑鄙。」

「妳一點也不卑鄙，世界上本來就有很多東西該盡己所能爭取。」

聽了我的話，她微笑，「無論是父母離婚的那天，還是我發現元瑋並不愛我的那天，都下著滂沱大雨，所以我討厭下雨，那會讓我想起這輩子最難受的兩個時刻。」她抬頭看向天空，「今天是大太陽，眞是太好了。」

「羅莞竹，我和高元瑋並沒……」

「我只想跟他說，謝謝他，我自己一個人也可以了，也許他現在懂得愛情了。」她打斷我的話，靜靜看著我，「妳，可以幫我轉告元瑋嗎？」

「不，妳眞的誤會了，我和高元瑋之間什麼也沒有！」果然不可能有人不在意那些傳言，更何況羅莞竹這麼喜歡他。

「我沒有誤會，也許在傳言之中，錯的是妳喜歡元瑋這點，但元瑋確實喜歡妳。」

我一愣，「不是這樣的。」

「眼神是不會騙人的。」她指指自己的眼睛，倏地流下眼淚，「正因爲我如此喜歡他，所以更是能看出他並不愛我。以前我不在意，覺得只要能在一起就好，可是隨著時光流逝，我越來越在乎我們之間有沒有愛，越來越在乎他愛不愛我，越來越在乎映在他眼中的身影究竟是誰。」

「我還是覺得妳誤會了，我完全沒有感受到。」我垂下頭。

「我沒有誤會，也沒有憎恨，也許還是會爲此嫉妒跟難過，可是更多的大概是感謝吧。從國中到現在交往好幾年了，我全心愛他，然而他終究無法愛上我，我努力過了，我不想當那種把男人綁在身邊的任性女人。」她輕輕一笑，「所以我忽然明白了，當時我的父母爲什麼會選擇離婚。他們不想束縛彼此，這也是一種愛，雖然並不是戀人之間的愛。」

這也是一種愛嗎？

選擇分開，也是對愛的另一種負責表現嗎？

此刻，羅莞竹看起來如此堅強，又如此溫柔。

回到家後，我覺得疲憊異常，無論是羅莞竹的自白，還是高元瑋對我的感情，又或者是李妍蓁和祁民的事，都讓我覺得好累、好累。

一回房我便躺上床，卻沒有陷入夢境，腦袋依舊被紛亂的思緒塞滿。

手機響起，我下意識接聽。

「千裔。」是高元瑋的聲音，我立刻睜開眼睛，從床上坐起來，懊悔自己沒有先確認來電者。

「嗯。」

「妳今天……還好嗎？」他的聲音聽起來和以往不太一樣，似乎帶了些緊張。

「你指什麼方面？」我鬆開髮圈，索性雙腿抬起貼著牆，讓血液倒流，以舒緩腿部。

「莞竹剛才傳訊息跟我說要分手。」

「眞的假的。」我重重嘆了口氣，爲什麼事情會變成這樣？

「妳們兩個今天發生什麼事了嗎？她有沒有對妳……」

「沒有，她本來也不該對我生氣。」我深吸一口氣，「她要我跟你說，過去的一切謝謝你，她現在一個人也可以了。」

「……我從來沒有想要傷害她過，事實上我就是爲了不傷害她，當初才會答應跟她交往。」

「你明知自己不愛她卻又答應的瞬間，就已經注定會傷害她了，難道你以爲在一起久了就會喜歡上嗎？」不等他回答，我又接著說：「不對，你當初根本沒有想這麼多。」

「嗯。」

「但她說和你在一起的時候很開心，想必你很珍惜她吧？」

「如果不是以這樣的方式分開，也許會更好……」他的聲音越來越小。

我深呼吸，不想讓這話題停在這微妙的地方，「莞竹說了奇怪的話，學校也有奇怪的傳言，你知道嗎？」

「嗯。」他承認，這短短一個字壓到心上，令我喘不過氣。

「所以到底是怎麼回事？我覺得是誤會。」

「不是誤會。」

不要，我不想要這樣的發展。

「我已經說是誤會了！」我想阻止他說下去。

「我本來也沒有發現，完全沒有！直到別人問我，直到別人說我看妳的眼神……我是在那個時候才發現的！」他亟欲解釋，卻沒有讓我釋懷。

「不要喜歡我！」我大喊。

「爲什麼我不能喜歡妳？」他也大聲反問。

「高元璋，你有女朋友！」

「我現在沒有了！」他的聲音聽起來很痛苦，「我不想要這樣，但我也不想再欺騙自己，或是欺騙莞竹、欺騙妳。我還是覺得自己沒做錯什麼，如果當年我誠實告訴莞竹自己並不愛她，所以無法和她交往，莞竹也許……也許不能恢復開朗的模樣，也許會永遠不再相信愛！」

「在他們離婚的那天，我覺得自己的愛被背叛了。」

「可是如果就這樣任由牠不去相信愛，牠會死掉的。被愛背叛過的牠，必須再次感受到愛，才能夠重生。」

羅莞竹說過的話在我腦中響起，我有些哽咽，但不是因爲她和高元璋的事。

我想起了藍英倉。

我們也都曾經覺得被愛背叛了，可是藍英倉有再次感受到愛嗎？他重生了嗎？

不，他死了。

我不願意重返現實裡的高中校園，是因爲每晚的夢裡我都會回到高中時代。

夢中有粉色長髮的李妍蓁、有老是板著臭臉的祁民、有皮膚很黑、笑起來牙齒卻很白的曾頡佑，以及其他高中同學。

還有藍英倉。

若是我去了現實中的學校，這些逝去的曾經只會更加襯托出現實的殘酷。

要是我面對了現實，那夢境還會持續嗎？

我還能再見到藍英倉嗎？

「不要喜歡我，我已經有喜歡的人了。」

「是誰？」

是只活在夢中的藍英倉。

第九章

在黑白琴鍵上飛舞的雙手按下最後一個音，我的情緒有些激動，調整呼吸後抬頭看向站在一旁的藍英倉。他雙手環胸、半閉雙眼，似乎還沉浸在樂音的餘韻中。

「如何？」

「每當我聽這首曲子的時候，腦海總是會浮現一個美麗女孩的身影，她獨立、自我、充滿自信，優雅又堅定地隨著音樂在舞池之中周旋。她和所有人都保持距離，卻又時不時接近勾引，然而當別人想主動靠近時，她便輕巧離去，讓人永遠無法捉摸，始終與人維持著一步之差……」

「沒想到你這麼浪漫呀。」我對藍英倉的體悟感到驚訝。

「很適合這首樂曲，不是嗎？」他朝我伸出手，「就像妳一樣，孟千裔。」

「像我？我可不會跳探戈呀。」我笑著說，還是把手搭了上去。

「沒關係，我也不會跳。」他輕輕握住我的手，我們就這樣在音樂教室翩翩起舞。

看起來像是有模有樣地跳著探戈，但其實完全只是胡亂轉圈。說也奇怪，我的耳邊彷彿眞的響起了〈一步之差〉的旋律。

「你的意思很像是喜歡我，卻覺得無法靠近我。」我忍不住說，藍英倉只是高深莫測地微笑。

「這首舞曲會讓人覺得女人都難以接近。我爸以前說過，我媽也像這樣的女人，他們當初似乎就是因爲一起跳了這支舞曲才相識。」

我微微一僵，想起那個濃妝豔抹、說著刺耳話語的女人。

「你爸媽眞的相愛過吧，不然怎麼會生下你呢？」

所以藍英倉才會彈著〈一步之差〉，想喚回他父母曾經的愛情，卻又因爲和《鬼店》裡的丹尼同樣無能爲力而感到痛苦。

「那可不一定，也許是一夜情就懷孕了，這種事情很難說。孩子雖然總被稱作愛的結晶，但大多數時候應該是父母沉重的責任吧。」他引導我轉了一圈，語帶笑意。

「說出這番話，你自己不會心痛嗎？」

「不會，就像妳說妳的父母不相愛的時候，也只是在闡述事實，心痛的感覺什麼的，早在小的時候就拋棄了。」他鬆開我的手，「雖然不會探戈，我們也跳得不錯呢。」

「要是有人經過，看見我們兩個在空無一人的音樂教室裡跳舞，一定覺得很詭異，好像在進行什麼儀式一樣。」我拍拍自己的百褶裙。

「哈哈，這說法挺好笑的。」

我們走出教室，在把門關上的時候，我的眼角餘光瞥見附近有人。

「啊……」莫千繪和我對上目光，立刻轉身逃跑，鞋子踩在樓梯上的聲響格外清晰。

「誰呀？」藍英倉問。

「不知道。」我說謊了。

回到教室後，只見李妍蓁賊笑著看我，祁民則是上下打量我，接著把藍英倉拉到一旁，不知道在竊竊私語什麼。

「有八卦喔，聽說妳和藍英倉一起待在音樂教室？」李妍蓁嘿嘿笑了笑，也沒打算壓低聲音。

「對，我彈鋼琴，怎麼了？」我也不迴避，音量大到讓所有人都可以聽見。

「噗哈哈哈！」聞言，藍英倉大笑起來，然後站上講臺對大家說：「別八卦了，各位，若是你們願意，也可以和我單獨去音樂教室啊，如何？祁民，我們下一節一起去吧！」

「我才不要，你有病。」祁民毫不留情吐槽。

散布消息的人想必就是莫千繪，我想她所做的一切都是爲了陳萓汶吧，那個老是裝乖巧的班花。

「如果喜歡藍英倉就去告白，別搞小動作。」我又大聲說，沒有指明是誰。

不少女同學發出驚呼，還有人抱怨了句「妳算什麼啊」。我斜眼覷向陳萓汶，發現她嘴角掛著笑意，而莫千繪卻在哭。這是怎麼回事？

「妳不知道嗎？莫千繪喜歡藍英倉唷。」午餐時間，李妍蓁挑著眉回答了我的疑問。

「可是喜歡藍英倉的不是陳萓汶嗎？」我始終這麼以爲。

李妍蓁轉轉眼珠子，「我發現，她們那個小圈圈的女生好像不知道陳萓汶喜歡藍英倉耶。」

「怎麼可能？她表現得那麼明顯！」

「我是說眞的，一直以來看起來都是莫千繪喜歡藍英倉，她們那群女生也這樣認爲，所以莫千繪找妳碴是爲了自己，不是爲了陳萓汶，我們誤會了。」

「不對吧，至少陳萓汶喜歡藍英倉這件事不是我們的誤會。」我夾起便當裡的花椰菜。

「對，這就是所謂的旁觀者清吧。」李妍蓁竊笑。

「但妳怎麼會知道這些？」

「我上廁所的時候聽見的。」她露出得意的表情，「是的，又是在廁所。」

「要是在廁所裝竊聽器的話，想必可以得到很多情報。」

「會被警察抓走喔！」她哈哈大笑，「所以，陳萓汶喜歡藍英倉這件事，好像只有我們兩個注意到，又或者說，她是故意讓我們注意到的。平常她都讓莫千繪當壞人，這樣哪天要是出狀況了，大家也只會對莫千繪感到不滿，火不會延燒到陳萓汶身上。最重要的是，藍英倉還有可能因此對莫千繪觀感不好，那陳萓汶不就能趁虛而入了？假裝幫莫千繪說話，還可以鞏固好女孩的形象，藉機和藍英倉拉近距離。」

「這樣心機也太重了吧，根本是雙面人。」我撇撇嘴，「不過妳也腦補得挺多的。」

「我只是設想了很多種可能。」她指了指自己的腦袋。

「那在眾多可能當中，妳有看見我以後會怎樣嗎？」我刻意坐正身子，勾起微笑。

李妍蓁雙手食指抵著太陽穴，用力瞇著眼睛，還發出「嗯——」的沉吟聲，好像真的在試圖洞察未來一樣。

「我看見了！在不久後的將來，妳會和藍英倉出雙入對！周遭的人都祝福你們，你們將考上同一所大學，畢業後就結婚，然後兩年之後生……唉唷！好痛！」

我狠狠打了她的頭一下，不讓她繼續說下去，「不要亂講！」

「雖然唬爛的成分居多，但是不可否認這是一條不錯的未來之路吧？」李妍蓁笑得曖昧，「妳看看妳的臉。」

「我的臉怎麼了？」

「沒怎麼，只是很紅而已，我還是第一次親眼看到別人臉紅呢！」她用手機拍下我的模樣，將螢幕朝向我，「妳瞧。」

「臉紅的原因可能有很多，最大的原因八成是妳手機的相機畫素太差。」我推開她的手。

「哼，嘴硬！」說完，她的笑容忽然微微一僵，我順著她的視線轉頭看去，見到祁民和曾頡佑站在教室外的走廊聊天。

「幹麼？」

「我覺得祁民最近可能想找麻煩，老是在看我。他不是對妳很有意見嗎？該不會遷怒到我身上了吧？」

「我也不知道他為什麼對我有意見，難怪他也喜歡藍英倉？」我只是開玩笑，李妍蓁卻一臉恍然大悟，拍了下手。

「這樣一切就說得通了！」

「我開玩笑的喔。」我澄清。

「我是信了。」李妍蓁哈哈大笑，接著我們聊起別的話題，把這些茶餘飯後的八卦暫時拋諸腦後。

✦

我清洗著碗盤，尚閎則在整理桌面。

自從他來到我們家之後，總是搶著做些不必要的家事。父母大概覺得對我們有所虧欠，所以平時很少讓我們協助家務，還特地請清潔阿姨一個禮拜過來打掃一次。

但是尚閎每天都會幫忙洗碗，假日還會吸地、拖地等，之杏將他的行為稱之為「裝乖」，不過我明白，那是尚閎表達感謝的一種方式。

或者說，他的內心深處仍覺得自己是個「外人」。夕旖曾表示希望尚閎可以和之杏一樣，常常什麼事情都不做，只是懶洋洋地躺在沙發上。

然而夕旖忽略了一點，當之杏這麼做時，她會很自然要之杏起來幫忙，或是罵之杏不要當隻米蟲，但如果換成是尚閎，夕旖想必會要他好好休息，自己攬過家事。

也許我們幾個姊妹的潛意識之中，都還是有那層芥蒂在。我們自己沒有感覺，但被這麼對待的人會發現的，尤其尚閎又是這麼敏感的孩子。

有時候看著尚閎，我的心都會隱隱作痛，他的內心一定有一塊是我們怎樣都碰觸不了的地方。

「尚閎，最近在學校過得如何？」我把手擦乾，來到尚閎身邊。

「不錯呀，可是前幾天之杏生氣了。」他傻氣地一笑。

「她每天都會發脾氣啊，這次又怎麼了？」

「有女生給我情書。」他抓著頭，表情有點尷尬。

「不錯呀，尚閎你長得這麼帥。可是你越來越瘦了，可千萬不要爲了減肥節食喔，我知道之杏那個笨蛋對你說過什麼。」我捏了捏尚閎的手臂。

「之杏也是爲我好。」

「你呀，太寵之杏了，搞得像是她男朋友一樣。」我的玩笑話卻讓尚閎的微笑裡出現一絲怪異。

失言了嗎？

我從沒想過這樣的可能性，年紀相近且沒有血緣的他們，會對彼此產生不該有的情愫嗎？

「所以尚閎，你有女朋友嗎？」

「沒有，我才國中呢。」

「談戀愛不分年齡呀。」我笑了笑，拍拍他的背，「無論如何，姊姊都支持你。」

「我絕對不會做出有損孟家形象的事。」他這麼說。

我轉過身，凝視著他堅定的雙眼，忽然間好心疼這個男孩。他是不是一直都戰戰兢兢地愛著我們？是不是一直都膽顫心驚害怕犯錯？

「尙閎，做你自己，沒有人會對自己的家人失望，你永遠是我最親愛的弟弟。」

我不知道自己的話有沒有傳達到尙閎心裡，他只是給了我一個溫柔的微笑。

那幾天我睡得不太好，我偷偷觀察尙閎和之杏的互動，發現情況比我預期的還糟。之杏看著尙閎的眼神，還有那些略顯不自然的小小舉動，在在洩露出她的感情，讓我心裡隱隱不安。

不過，如果不說破也不去探究的話，也許有天這份情愫就會消散了吧，所以我什麼也沒說，不動聲色。

因爲睡不好的關係，導致我在學校沒什麼精神，還差點在課堂上睡著。

「妳最近看起來總是很睏的樣子。」藍英倉蹲在走廊邊，帶著玩味的笑容說。

「很明顯嗎？」說著，我又打了哈欠。

「幹麼？要升高二了，所以特別認眞念書嗎？」他站起身，手撐在欄杆邊。

「才不是。」

「祁民可是很認眞，他最近還去補習班報名參加高二加強班喔。」他看了眼待在教室裡的祁民，竊笑著說：「他很在意妳現在成績比他好。」

「所以這就是他看我不順眼的原因嗎？」我哼了聲。

「我想他是羨慕吧。」

「羨慕我？」

「妳成績好，又和他憧憬的人是好朋友，平常總是很率性地做自己，而且長得漂亮、家境也不錯，總之擁有他所羨慕的一切。」

「和他憧憬的人是好朋友？那個憧憬的人不會是指你吧？」我揚起一邊眉毛。

「喔，我確實也是啊！但我指的可不是我自己喔。」他又偷笑，指向樓下。

粉紅色的長髮隨風飄揚，李妍蓁正和學姊們在中庭打排球，那模樣顯眼極了。

「李妍蓁嗎？」

「祁民是獨生子，他的父母老來得子，因此他被賦予很高的期望。雖說父母總是望子成龍、望女成鳳，但祁民的父母對他可不是普通的期望，那巨大的壓力讓他喘不過氣，所以他很羨慕那些可以做自己想做的事，父母也給予支持的人。」

我想起開學的時候，李妍蓁曾經因爲頭髮染成粉紅色而被教官關切，但她的父母接獲通知來到學校後，卻表示李妍蓁的做法沒有什麼不對，他們不認爲外表顯眼的孩子就會有偏差行爲。

的確，父母的支持才是孩子最渴望的。

那個時候，我想應該所有人都很羨慕李妍蓁有這麼開明的父母。

「所以我要感恩知足嘍？對於祁民討厭我這件事。」

「他不是討厭妳，只是羨慕又嫉妒。」藍英倉哈哈一笑，「那妳怎麼了？」

「什麼？」

「什麼事情讓妳睡不好？」

「就……」我有些躊躇，不知道要不要告訴藍英倉。

但如今我們之間還有什麼事情不能說呢？

「你知道我弟弟吧？」

「嗯，那個領養來的弟弟。」

我點點頭，「我想，他內心對我們的疏離感大概永遠也無法完全消弭，雖然我們感情很好，可畢竟不是從小一起長大，他來到我們家的時候已經十歲，足夠明白很多事了。他戰戰兢兢地愛著我們，你能想像一個國中的孩子說出『我絕對不會做出有損孟家形象的事』這種話嗎？這不該是會對家人說的話。」

「世界上有形形色色的家庭，更離奇的情況也有，妳看我媽還和妳講了什麼？」他失笑。

「我……我沒有那個意思。」

「不用感到抱歉啦，我們還需要這麼見外？」他扯扯嘴角，「我想妳大概是和我最親近的人了，在妳面前，我再怎麼丟臉都無所謂。」

他的話讓我內心一揪，忽然覺得臉部肌肉十分僵硬，不知道該擺出什麼表情。

「況且，戰戰兢兢的愛也是愛呀，那有什麼不好嗎？」

「這樣眞的好嗎？不會因爲壓力過大，有一天他就崩潰了嗎？」

「人雖然並沒有多堅強，不過也沒有那麼脆弱。知道有愛自己的人存在，可以讓人跨越很多困難。」

「這麼說也是。」我露出微笑，如此簡單的道理，居然還要由藍英倉告訴我。

是呀，無論如何我們四姊弟都有個家、有愛自己的家人，這是最最幸福的事情。

但忽然，我想起了藍英倉那冰冷的家。

「我也愛你喔。」我想也沒想地脫口而出。

藍英倉瞪大眼睛，他的臉上第一次出現意外的表情，這副瞠目結舌的模樣很是稀奇。他的耳根泛紅，接著眼眶微微溼潤。

「等等，你怎麼是這樣的反應……」我頓時也害羞起來，感覺到自己的臉頰發燙。

「我沒有會錯意啦，我知道妳不是那個意思。」他雙手摀住自己的臉頰，看起來特別可愛，「只是，沒想到聽見別人說愛自己，是一件這麼開心的事。」

我咬著下脣，卻止不住嘴角的上揚，「如果你交了女朋友，她也會每天說愛你。」

「我要的不是那種愛。」他側頭注視我，「有妳愛我就可以了。」

這是什麼樣的氣氛呀？

這份愛明明建立在友情之上，我們只是將彼此視爲心靈的支柱，可是爲什麼此刻我會如此害羞？

同時我的內心也十分溫暖，我看著藍英倉，開心地笑了起來。

我們就這樣相視好一陣子，直到覺得心臟已經快要承受不住，我才別過頭，看著天空飄過的雲朵，聽著校園裡迴盪的嬉鬧聲。微風徐徐、陽光和煦，我從來沒有過這樣的心情，有種豁然開朗的感覺，彷彿一切都充滿了希望，未來有著無限可能，美好至極。

「孟千裔。」

「嗯？」

「妳這禮拜六有空嗎？」

沒想到藍英倉會約我出遊，我不禁深深吸了一口氣。

✦

「五、四、三、二、一——新年快樂！」電視上正在直播跨年晚會，之杏跟著主持人和參與的嘉賓們一同倒數，在新的一年到來的瞬間放聲吶喊。

「新年快樂！」尚閎開心地笑，和之杏擊掌。

「就只是又過了一天，到底有什麼好開心的？你們兩個幼稚的小鬼。」夕旖翻閱著雜誌，用鼻子哼了聲。

「唉，年紀大就算了，連心也老了。」之杏搖搖頭。

「妳說什麼？可以再說一次。」夕旖微笑，之杏馬上閉嘴，跳起來縮到我旁邊。

「新年快樂呀。」我笑著對他們說，之杏抓住我的手臂。

「今天要怎麼慶祝呢？」

「那個……我今天要出門喔。」

「什麼？妳要出門？」夕旖放下雜誌，「那晚餐總會回來吃吧？」

藍英倉沒說要待到幾點，也沒提要去哪。

但今天是特別的日子，以往我都是和家人一起過……

「對呀，不管怎樣晚餐都要回來吃喔，爸媽也會在呀！」之杏嘟著嘴。

我看向三個弟妹，他們的眼神裡都流露出殷殷期盼。

「我知道，我會回來吃晚餐的。」

「耶！太好了！」之杏高舉雙手歡呼。

「那千裔，妳要不要趕快去睡了？不然明天會沒精神。」尚閎貼心地提醒。

「嗯，晚安。」我起身往房間走，在關門的時候聽見之杏對媽媽喊新年快樂。

我還是沒能撫平紊亂的心跳。對於明天和藍英倉的出遊，爲什麼我會如此緊張？是因爲我從來沒有單獨和男生出去過嗎？好像也不是。

所以是因爲藍英倉的關係嘍？

我思索著要穿什麼樣的服裝，卻又覺得在衣櫃前挑衣服挑上老半天是很愚蠢的行爲，所以我毅然決然關上衣櫃門，打算保持平常心，明天起床後再看心情決定。

我仔細保養頭髮，全身擦了乳液，然後塗上透明的指甲油，接著才意識到自己還是在爲明天做準備，頓時生起悶氣。

可惡，爲什麼我的心臟會跳得這麼快？

當藍英倉開口約我的時候，我跟傻子一樣呆呆答應，壓根沒問要去哪裡，以及他有沒有約其他人，後來也一直找不到機會詳問。直到禮拜五放學時，藍英倉忽然走到正在整理書包的我旁邊，丟了句「明天十點在捷運站見」就走了。

那時我拿著書本的手僵在半空中，連應聲「好」都沒辦法，只是將這句話牢牢記在心裡。十點，捷運站見。

看看時鐘，現在都快一點了，我得快點睡覺才行，不然明天會有黑眼圈的。

我趕緊關燈，爬到床上鑽進棉被裡。

明天要去哪個地方呢？藍英倉什麼都沒有說，要是他根本也沒有想法呢？

如果我們都不知道該去哪，到時大眼瞪小眼的不是很尷尬嗎？

我是不是該想幾個備案比較好？

於是我從床上爬起來，準備開燈的時候卻驚覺——不對呀！我這麼擔心做什麼？即便眞的沒有想好去哪裡，無聊的時候直接回家不就行了？

以往我不都這樣嗎？和朋友相約總是早早回家，爲什麼現在會坐立難安？

話說這件事可以告訴別人嗎？我能跟李妍蓁說嗎？藍英倉對祁民說過嗎？

我再次回到床上，逼自己不要想東想西，卻翻來覆去的，怎樣也睡不著。如果有安眠藥就好了，否則明天精神不濟怎麼辦？

不知道時間過了多久，直到隱約聽見夕旖說要睡了，尚閎也回到房間，而之杏關掉電視，接著外頭的燈光暗下，我才起身決定喝杯熱牛奶。

剛打開門便聽見媽媽走出房間的聲音，我下意識退回房裡，透過門縫豎耳傾聽。她也是要去廚房，我很快聽見裝水的聲響。於是我重新開門，也打算到廚房裝水的時候——

「爲什麼老是這個樣子……」

我立刻再次把門輕輕闔上。媽媽在和誰說話？

可是無論我怎麼仔細聽，也沒有再聽見媽媽開口，只有打開櫃子的輕微碰撞聲傳來。過了一會，櫃子關上，媽媽洗了杯子，似乎將杯子倒扣在流理臺邊，然後拖著腳步回到自己的房間。

我等了幾分鐘才打開門。

外頭一片漆黑，空蕩蕩的，我輕手輕腳來到媽媽的房門前，將耳朵貼在門板上，然而什麼動靜也沒有。

我又走到爸爸的房間外，他今天沒有回來。

即使是這樣的日子，他也不在我們身邊。

我踏進廚房，打開所有櫃子，赫然在存放乾糧的櫃子後方發現幾盒藥品，是安眠藥。

媽媽在吃安眠藥嗎？她睡不著嗎？

我將藥放回原位，關上櫃子，然後默默走回房間。那些緊張、期待的感覺全都消失了，取而代之的是深深的空虛。

無論兩人之間有過怎樣的悸動，後來都會被現實壓垮，變成像藍英倉的父母那樣，或是像我的父母這樣。

我其實知道的。

媽媽愛著爸爸，一直以來，她都愛著爸爸。

光看眼神我就明白了，也看得出她有多麼壓抑這份感情，我不相信爸爸沒有發現，然而他們從來不去面對，就這樣裝作彼此沒有感情的樣子，在一起生活十幾年。

媽媽還可以忍受多久？

當爸爸徹夜不歸時，她的內心有多煎熬？還是，她已經習慣了不被愛的生活？

剛才她在廚房裡的低喃，十之八九是因爲爸爸。他在哪？在誰身邊？

心中愛著其他人，又要如何愛這個家呢？

不，這不關我的事，我抬起下巴。這一切都不關我的事。

我重新縮進被窩之中，這次不再輾轉難眠。

隔天十點，我準時出現在捷運站前，張望了一陣卻沒看見藍英倉的身影，直到十點五分，他才急匆匆跑來，喘著氣焦急地在馬路對面朝我揮手。

雖然遲到很不應該，可是看他急成這樣，我覺得很可愛。

「我出門前遇見我爸，所以耽擱了。」他跑到我面前，趕緊解釋。

「沒關係，一秒鐘算你一塊錢就好。」

「那不就要三百？」他笑開了臉，「沒問題呀。」

「我開玩笑的，你當眞呀！」這下反而換我急了。

「我當眞呀，走吧。」他朝捷運站裡走，我沒轍地看著他的背影，抬步跟上。

今天他的頭髮看起來沒那麼亂，穿著格子襯衫搭配牛仔褲，我看了下自己的牛仔裙，這種莫名相似的小地方，讓我的嘴角泛起笑意。

「妳今天看起來……很……」在捷運上，他忽然開口，卻支支吾吾地說不出所以然。

「什麼？」我疑惑地看他。

「妳看起來精神不太好，沒睡好嗎？」他揉揉鼻子，「難道妳跑出去跨年？」

「才沒有呢，難道你有去跨年？」

「當然沒有嘍，新年快樂。」他開心地笑。

「新年快樂。」我也微笑，「我只是昨晚睡不太著，我妹看跨年節目看到很晚。」

「是喔，我也睡不好，妳看我有黑眼圈。」他指著自己的眼睛下方，還稍微彎腰靠近我。

「你本來就有一點黑眼圈。」我縮了縮身子。

「聽說鼻子過敏的人容易有黑眼圈。」他往後退了些。

「你剛才在揉鼻子，你鼻子過敏嗎？」

「有一點，好像是遺傳我媽的。」他聳聳肩膀。

我們不再說話，我依然沒問目的地是哪裡，只是靜靜看向車窗外，不過外頭一片漆黑，我也只能看見自己映在窗戶上的側臉。

「在這站下車。」他突然說，我一時沒回過神，還呆站在車廂內。

列車關門的警示音響起，已經走到車廂外的藍英倉愣了愣，趕緊跑進來拉著我的手腕，「妳在幹什麼？走了。」

我們走出車廂，他又念了句：「笨蛋，妳在發呆嗎？」

「不是，你又沒跟我說要去哪裡，所以我沒有反應過來……」

「那就是在發呆呀。」他失笑，「我們先去吃飯，然後一起看電影。」

「電影，什麼電影？」他的手沒有放開。

「我想妳一定不喜歡愛情片，鬼片的話……」

「鬼片不要！」我連忙反對，他笑得更開心了。

「我知道，妳怕鬼故事。動作片感覺也不適合妳，所以我選了一部很做作的劇情片，但我想我們都會喜歡。」

「那要去吃什麼？」爲什麼他還拉著我的手腕？

「我覺得妳一定不吃港式料理吧，路邊攤也和妳不搭，而大多數女孩子喜歡的可愛咖啡廳妳應該沒興趣，所以我挑了間同樣很做作的文青風輕食餐廳，裡面還有很多書可以看喔。」

「嗯，你還眞了解。」他的手稍稍鬆開，我頓時有些失落，可是下一秒，他握住了我的手。

「藍……」我嚇得出聲，下意識想抽回手。

「電影票差不多可以當我遲到的賠禮吧，以後不可以拿我遲到的事跟我生氣喔。」

他牽著我的手卻收得更緊。

「什麼啊，你覺得我是會記恨的人？」

「會呀，說不定有事沒事想到就拿出來念我，我可不會讓妳有念的機會。」他笑著，這番話如此曖昧。

「你牽著我的手。」我鼓起勇氣說。

他看了看我們交握的手，「眞的耶，我都沒發現。」

「那還不放開？」

「好吧。」他眞的鬆開了。

「欸……」

他手插口袋，歪頭看著我抿嘴的模樣，忍不住笑了起來。

「所以我說，女人就是麻煩呀！」

「我才不是麻煩的女人呢。」我雙手環胸，「你今天別想再碰我的手。」

「好哇，今天不行，還有明天，明天不行，還有後天，我們有無限個明天。」他雙臂朝兩邊展開，一陣風吹來，他看起來像是在風中飄揚的旗幟，那麼耀眼。

那天我們吃了我這輩子吃過最好吃的三明治和沙拉，那家餐廳香濃的伯爵奶茶我永遠也忘不了，即便後來造訪了再多其他的餐廳，都沒有一家比得上我與藍英倉去的那裡。

用餐的時候，我們天南地北地聊，完全沒有顧忌。藍英倉點的義大利麵裡有條鮮紅的辣椒，說話之間他一個不注意吃了下去，頓時嗆得整張臉都漲紅了，其實明明沒有很辣，他卻一直怪叫，我忍不住笑了。

「妳好沒良心喔。」他嗆到眼眶泛淚。

「沒想到你這麼怕辣。」

「哼，就跟妳怕鬼故事一樣。」他鬧起彆扭，眞的好可愛。

後來我們看的那部電影，我不記得片名是什麼了，連劇情都忘了。

我只記得觀賞的時候，藍英倉緊皺著眉頭，當情節出現重大轉折，他的身子會不自覺地一顫，彷彿震驚於劇情的走向。

終於，還是到了分開的時刻。我們站在捷運站前，他的手插在口袋中，腳踢著路面上的小碎石。我的公車過了兩班，他的更是過了三班，然而我們誰都沒有想要離開。

「我今天……在捷運上想說的其實是……妳……」他吞吞吐吐，說得很小聲，馬路上行車來來往往，幾乎將他的聲音掩蓋過去。

「藍英倉，你說什麼？」我的話音居然有些顫抖。

「我不是要問妳爲什麼沒精神，雖然我的確也關心這件事，可是我其實是要說……那個……」他抓著頭，耳根泛紅，眼神游移。

「我答應要回家吃晚餐……」我咕噥，手機從剛才就響個不停，全是之杏和夕旖撥來的。

「那妳先上車好了，我要到對面。」他跟著我走到公車站牌旁，我們之間充斥著一股既尷尬，卻又不讓人討厭的微妙氛圍。

「我在這邊就可以了，你到對面等車吧。」

「我送妳上車。」他的神情彆扭，隨後忽然吐了一口氣，像是下定決心一樣，「好吧，我先去對面。」

「嗯，回家路上小心，到家彼此說一聲吧。」我淡淡叮囑，卻有些捨不得。

「……我今天原本是要說，妳很可愛！再見！」他一口氣說完，低著頭看也沒看我，立刻轉身跑向斑馬線。

我呆愣在原地，看著他面帶笑容小跑到站牌處，站在我的正對面，朝我揮手。

我笑了起來，同時還有種想落淚的衝動。

「其實、今天、是我的生日！」我不知道哪來的勇氣，放聲對他大喊，所有路過的人都看著我，藍英倉聞言瞪大眼睛。

「爲什麼不早點說！」他一副氣惱的樣子，似乎想要跑回來，我趕緊制止他。

「我已經、收到、禮物了！」我笑得燦爛，揮了揮手。

「明年，我再幫妳過一次！」他也大喊，掛著笑容用力揮手。

「好——」

我好開心，可是眼前驀地一片模糊，所有事物都扭曲了。我睜開眼睛，看見的是房間的天花板。

這是現實？還是夢？

淚水從我的臉頰滑落，我的內心痛苦不堪。

「藍英倉……」我喚著他的名字，嗓音乾澀無比。

「藍英倉……」你在哪裡？

你不在現實之中，只存在於我的夢裡。

「藍英倉、藍英倉，藍英倉——」我的聲音越發沙啞，最後我摀住自己的臉，哭泣不止。

他沒辦法兌現當時的諾言，永遠無法兌現了。他不只是轉學了，而是永遠不在了。

我想起我們吵架的原因了，是因爲他的離開。

「也許我們潛意識之中，都不相信愛情。」

「好啊，那你走啊，走得遠遠的，永遠不要再回來了！」

「孟千裔，妳明明知道我沒有選擇！」

「我也沒有選擇啊！」

那時候，我在走廊上朝他大吼，所有人都聽見了。

但是我顧不得這一切，顧不得他的感受，因爲我的心已經夠痛了。我好不容易對一個男孩徹底敞開心胸，他怎麼可以說走就走，怎麼可以這樣背叛我？

當年的我太過幼稚，毫不留情地說了許多傷害他的話。

所以，我希望能夠再次沉睡，我想在夢中改變過去，至少別說出那些傷人的話語，至少讓我和他的分離，不要是不歡而散。

窗外的天空還沒完全亮起，我下了床，朝廚房走去，打開存放乾糧的櫃子。這些年來，媽媽所服用的安眠藥都放在同樣的地方。

她也許吃了十幾二十年的藥，也許同樣夜夜輾轉難眠，而如今，我想藉藥物的力量回到夢中，我想見藍英倉。

我只能在夢中見到他了……

我一次服下兩顆，把安眠藥放回原位後，慢慢走回房間，拉開被子，緊緊抱住我的棉被一角。

藍英倉，我來見你了。

第十章

「有人看到嘍。」李妍蓁露出討人厭的笑容，那八卦的模樣我很熟悉。

「什麼？」嘴上這麼問，其實我已經猜到了。

「妳和藍英倉啊。」她完全沒打算壓低聲音，「你們居然去約會了，是怎麼樣啦，在一起了的話不要見外，要說欸！」

「才沒有在一起，還有，妳小聲一點。」我有些難爲情。

「唉唷！臉紅了，所以是眞的對不對？什麼時候啦！爲什麼都沒有跟我講？」李妍蓁興沖沖追問，我趕緊摀住她的嘴巴，但反而讓她更加不肯罷休，「殺人滅口啦！爲了堵住我的嘴，要殺人滅口了！號外，藍英倉和孟千裔……唔唔！」

「閉嘴安靜一下，李妍蓁！」我在她耳邊威嚇。

「是眞的嗎？」當我要拉著李妍蓁離開教室時，莫千繪站起來，滿臉怒氣。

李妍蓁扒開我蓋在她嘴上的手，雙手叉腰，「是眞是假都不關妳的事。」

「孟千裔，妳和英倉眞的在交往嗎？」難得的是，這次陳萱汶也發話了。

我和李妍蓁對看一眼，而莫千繪回頭看向陳萱汶，神情帶著一絲疑惑。

「沒有。」我說，這是實話。

「既然沒有，那我就放心了。」陳萱汶微笑，明顯鬆了一口氣。有長眼睛的人都看得出來，她這是爲了自己，不是爲了朋友。

她不想再裝作是爲莫千繪而打聽藍英倉的事了嗎？

莫千繪的神情由懷疑轉爲肯定，接著湧現明顯的怒意。

「萓汶，妳……」她的話卡在喉間。

「太好了，千繪，這樣妳還有機會呀。」陳萓汶趁機搶先說，反倒讓莫千繪難以追問。

其他女生發覺氣氛不對勁，紛紛趕緊低頭假裝做自己的事，或是默默離開。

我和李妍蓁再度交換一個眼神，也決定遠離是非之地才是上策。

「她們會吵架嗎？」我和李妍蓁一路朝操場走，途中我開口。

「一定會的吧，莫千繪和陳萓汶都屬於性格強勢的人，只是沒想到一直將心機隱藏起來的陳萓汶會主動探問，看樣子她被逼急嘍。」李妍蓁朝我拋了個媚眼。

「被什麼逼急了？」

「少裝蒜了，雖然藍英倉很受歡迎，但他可從來沒有和哪個女生傳過緋聞。」

「講得他是什麼偶像明星一樣。」我拉了拉裙襬，「我和他，有太多相似的地方。」

所以也可能是由於這個原因，他才會和我比較親近，其中並不帶愛情的成分。

「傻瓜啊！」李妍蓁揉揉我的頭。

我們往操場看過去，藍英倉和祁民等人正在旁邊的球場上奔馳，我搞不懂一群人搶一顆球到底有什麼好玩的，但男生們總是樂此不疲。

「嘿，妳們要去哪？」藍英倉揪起衣服領口擦了擦自己的鼻尖，對我們喊。

我一時不知道該怎麼回應，甚至反射性躲到了李妍蓁身後。

「還說沒有曖昧呀？」李妍蓁用鼻子哼了聲，馬上喊回去：「我們要去小池塘那邊聊天，要來嗎？」

「不要亂約啦！」我驚慌地說。

「好啊，我們這場要打完了！」想不到藍英倉竟然答應。

「那我們先過去嘍。」李妍蓁擺擺手。

「喂，妳幹麼啦？」我低聲抱怨。

「曖昧是愛情最初也最美的階段呀！」李妍蓁雙眼放光，「我的心情就像見到小孩長大了的媽媽。」

「少無聊了，我才沒有……」說著，我的臉又紅了，幸好李妍蓁沒再調侃我。

我們待在學校的小池塘邊，一些我認不出來的魚兒以及烏龜在其中悠遊。

「這些魚一開始是怎麼來的？」

「應該是老師把小魚放進來的吧，讓他們長大再生小魚這樣。」李妍蓁隨口說。

「烏龜和青蛙也是嗎？那大自然中的各種生物又是哪來的？總不會也是有人爲因素吧。」

「這就是生命的奧妙呀，一切都是無中生有。」藍英倉的聲音忽然傳來，我嚇了一跳，差點重心不穩掉入池中。

「小心。」他眼明手快地抓住我，被他碰觸到的地方莫名灼熱起來，那股熱度直達心口，令我的心臟微微揪痛。

我抬頭，只見李妍蓁帶著笑意，不知道何時已經站到一旁，祁民也手插口袋站在那裡。

「你怎麼無聲無息的。」我看著藍英倉，抽回自己的手。

「是妳太專注在奇怪的問題上，才沒注意到身邊已經換人了。」他嘿嘿笑著，讓我不知道該如何是好。

「我的問題哪有奇怪？就算在課堂上學過，我還是覺得很不可思議呀，怎麼可能無中生有？生命誕生的機率要有多低呀。」

「看來妳以後大學科系應該選哲學系。」

「要是她選了哲學系，以後更會辯怎麼辦？」祁民插話進來，「那可就有你受的了。」

我原本要回嘴，但祁民後面這句話頓時讓我啞口無言。

「我倒覺得不錯啊，這可是腦力激盪，互相碰撞耶。」藍英倉倒是自然地回應。

「還碰撞咧，你在講啥？」祁民和藍英倉同時露出意味不明的賊笑，看起來很討厭，此時李妍蓁拿出手機，對著我和藍英倉喊：「這對小情侶，轉過來吧！」

喀嚓一聲，她幫我們兩個拍了張照片。

「什麼小情侶，白痴！」我罵了句，心跳卻更快了。

「對呀，我們已經不小了耶。」藍英倉故作氣憤。

「哪裡不小了，講清楚喔。」祁民笑得曖昧，我還是第一次見到他話這麼多又這麼開心的模樣。

「我們要克制一點，這邊還有女生。」藍英倉一臉不懷好意，轉過頭看我。

我和他對上目光，扯扯嘴角，轉而注視我們四人映在池塘中的倒影，還有藍天白雲的投影。

「哈哈！」我驀地笑了起來，他們三個面面相覷。

「孟千裔怎麼忽然笑了？」祁民一頭霧水。

「不要理她，她一直都怪怪的。」李妍蓁一點也不夠朋友。

「我想一定是很快樂吧。」藍英倉抬頭看著天空，「天氣好的時候，心情就會莫名的好。」

我也抬頭，追隨他的視線，「是呀，要是能一直這樣就好了。」

「永遠開開心心的。」藍英倉接口。

我們相視而笑，那些尷尬好像全都煙消雲散。

「妳終於笑了。」他用只有我聽得見的音量輕輕說。

「千裔，千裔！」一個用力的搖晃讓我被迫醒來，我倏然睜開眼睛，覺得喉嚨和雙眼都乾澀無比。

我感覺頭暈想吐，有雙冰涼的手貼在臉頰上，眼前所有物品都出現好幾道重影，我瞇起眼，勉強讓視線聚焦之後，才發現是媽媽。

她既焦急又擔憂，又喚了我一次：「千裔，聽得見嗎？」

「媽媽……」我一說話，喉嚨便一陣劇痛，猛烈咳起來。

「喝水，快點喝水。」媽媽拿起放在床頭的水杯，裡頭裝滿了溫熱的水，我喝了幾口，還是覺得有強烈的噁心感。

「妳做了什麼？」媽媽皺緊眉頭，彷彿快要落淚。

「什麼……我只是在睡覺……」我還在做夢呀，我還沒告訴藍英倉……

「妳吃了我的安眠藥！」媽媽惱怒地低聲說。

「我……只吃了一點……」我好累，眼皮好重，心跳得好快。

「妳吃了兩顆！不是一點！千裔，妳怎麼了？爲什麼要吃安眠藥？」

「我只是……」只是想要見到藍英倉，想要睡得久一點，讓有他存在的夢境可以延續下去。

「不要這樣，千裔，不准再動我的藥！」

「妳不也……不也想逃避現實嗎……爲什麼我不行……」我的眼前再次模糊。

「妳這個……」媽媽的聲音變得遙遠，我似乎看見她的眼淚，可是我好睏，好不舒服。

我好像掉進一個漩渦之中，在裡頭轉呀轉的，然後躺到了一團舒適的棉花上，身下軟綿綿的，有如乘著雲朵。

「妳這個笨蛋！」一個聲音冷不防從我的頭頂上方響起，李姸蓁難得一臉怒意，雙手叉腰站在那裡。

我又回來了？

不對，她看的方向不是我這邊，她直視著前方。我撐起身，這才發現自己在草地上，站在李姸蓁前方的竟是高中時的我。

穿著淺藍色襯衫、深藍色百褶裙，我的長髮隨風飄動，臉上全是痛苦的表情。連我都沒有見過自己露出那樣的神情。

「妳這個笨蛋！」高中時期的李姸蓁穿過我，朝高中時的我跑去，她雙手抓住我的肩膀，「爲什麼要說那種謊？」

「我沒有說謊！」高中的我怒吼。

現在是什麼情況？我只知道這是眞實發生過的事，依稀中，我記得我和李姸蓁曾經在學校附近的公園裡如此爭執。

「妳爲什麼要跟陳萱汶說妳沒有喜歡他？」李姸蓁的頭髮是規規矩矩的黑色，我想起這是什麼時候了。

我們升上了高三，即將面臨大考，因爲李姸蓁有可能需要接受入學面試，所以她索性把頭髮染回黑色，看起來清純得像另一個人。

「我真的沒有喜歡藍英倉，為什麼大家都要把我們湊在一起？」我咬著下唇，用力搖頭。

「藍英倉的態度那麼明顯！」李妍蓁十分生氣，「你們之間發生什麼事了嗎？」

我別開目光看著一邊的地面，淚水幾乎要奪眶而出，「他騙我！他說他和家人在餐廳，可是我看見了，他和陳萱汶在一起！」

「什麼？」李妍蓁瞪大眼睛。

啊啊，我記得。

現在的我旁觀著這一切，再次感受到當年的心痛。

原來當時我是這樣的表情？原來我就是因為這樣，後來才會和藍英倉吵架？

原來真的是旁觀者清，我看著「我」的表情，那怎麼會是不愛呢？

李妍蓁一直說我喜歡藍英倉，果然是事實啊。

「他騙了我，他背叛我，所以我為什麼要喜歡他？」高中的我掉下眼淚，但又迅速抬手擦去，轉身跑開。

「孟千裔！給我等等！」李妍蓁追上去。

畫面忽然暗下，一片漆黑。

那時我對藍英倉在意到了極點，時時刻刻都在想，他現在在做什麼？他在家裡是孤單的嗎？

我不禁想把他介紹給夕旖、之杏和尙閎，要是他能感受到他們的熱情，應該會很開心的吧？

所以我打了電話給藍英倉，過了很久他才接起來。

「這麼難得。」他第一句便這麼說。

「你有空嗎？」我揪緊棉被，手心微微冒汗。

「現在喔……我和我爸媽正在外面吃飯。」他的聲音聽起來有些高興。

「眞的嗎？那太好了，眞的是太好了。」我也爲他而欣喜。

他似乎害羞了起來，「明天可以嗎？」

「沒關係，你先吃飯。」我笑著掛了電話。

一切都會慢慢變好的，不會一直糟糕下去。

藍英倉的父母一定會有所改變，所以我的父母應該也會改變吧？

「千裔，要不要一起去看電影？」夕旖從房門外探頭進來。

我答應了夕旖，我們四姊弟一起出門。

在公車上，夕旖和之杏一直爭執著要看哪部電影，還強迫尙閎表態，但身爲和平主義者，尙閎自然沒有意見，我也沒有意見，於是兩個人繼續吵。

我笑著看向窗外，準備要按下車鈴，卻在公車停下來等待紅綠燈時愣住了。

穿著便服的藍英倉和陳萓汶從對街走過來，他們有說有笑進了一家餐廳。

「千裔，妳怎麼了？」幫忙按了下車鈴的夕旖看著手僵在半空中的我。

「沒事。」我搖頭，接下來一整天都心不在焉。

晚上和藍英倉通話時，我沒有勇氣問這件事，只能言不由衷地關心，「你今天……開心嗎？」

「開心啊，我爸媽之間的互動好像改善很多，說不定眞的會有轉機，也許……」

「我累了，晚安。」

「喔……好，那晚安。」

突兀地結束話題，我的心中已經埋下不信任的種子。

隔天踏入教室的時候，看見的又是陳萓汶和藍英倉談笑著的畫面，我莫名地沮喪與生氣，忽略了藍英倉對我道早安，也不理會李妍蓁的詢問。

我拿出小說，像是回到了高一那時，什麼事都不在乎，逕自看著我的書。

「孟千裔，妳有空嗎？」下課時間，陳萓汶居然主動來找我說話。

「沒空。」

「有關英倉的事情……」她用甜膩的聲音說出藍英倉的名字，讓我的內心升起一股無名火，「他的父母……好像怪怪的？」她低聲問，我瞬間愣住了。藍英倉連這些事情都告訴陳萓汶了嗎？

這不該是我和他之間的祕密嗎？

雖然我們沒有這樣約定過，但我以爲這麼私密的事，應該由我們兩個共同守護。他不是很重視隱私嗎？爲什麼陳萓汶也知道了？

頓時，嫉妒、悲傷、痛苦、氣憤等負面情緒，宛如一口氣從被翻倒的潘朵拉寶盒傾巢而出一般，統統湧入我的心中，我沒辦法冷靜思考，也沒辦法理性看待一切。

「妳應該比我了解吧。」我冷笑著回應。

「妳爲什麼要這樣說話？」陳萓汶皺起眉頭，語氣像是在責怪我一樣，我只覺得刺耳無比。她在指責我的不是嗎？

「妳不會自己去問嗎？」我闔上書本，提高聲音。

「妳……喜歡英倉吧？」她問得有些遲疑，看起來卻毫不畏懼。

「才沒有。」我想也沒想地大聲回應。

所有人都聽見這句話了，包括剛和祁民打完球回到教室的藍英倉。

「一點都沒有嗎？妳眞的沒有喜歡英倉？」陳萓汶一字一字說得清晰，我知道她是在激我，但我就是忍不了，我就是討厭她的聲音、討厭她的問題、討厭她的一切。

我也討厭，藍英倉那最祕密的心事，卻告訴了她。

「對，我一點也不喜歡藍英倉，妳喜歡的話，送妳啊！」我猛然站起身推開桌子，陳萓汶嚇得退後一步。

「孟千裔！」李妍蓁喊我，我頭也不回朝教室外面走。

那一整天我不再說話，連莫千繪都不敢來找麻煩。或許是因爲達到目的了，陳萓汶臉上的笑容一直沒有消失，頻頻找藍英倉攀談。

聽說之前莫千繪和陳萓汶大吵了一架，莫千繪怪罪陳萓汶，爲什麼喜歡藍英倉卻不說，但陳萓汶擺出無辜的姿態，掉了幾滴眼淚，好像這麼做就什麼都可以被原諒，然而她們還是形同陌路了。

後來的發展，便是李妍蓁在放學後質問我爲何說謊。

這時，畫面再次跳轉，我極力想要制止。關於之後發生的事，我既想知道，卻又不想知道。

再來都是傷心的回憶了，我好不容易全忘記了，又要再經歷一次那樣的痛苦嗎？

眼前的一片漆黑中出現一個個光點，光點逐漸擴大，最後變成教室內的景象。黃昏時分，只有我和藍英倉待在教室裡頭——

不，還有其他人在，班上的同學們背著書包，聚集在教室外的走廊上，他們在看我們。

「我……做了什麼嗎？」藍英倉站在我面前，而我低頭整理書包。

我不理會他，直接站起來想往外走，但藍英倉拉住我的手。

「孟千裔，我做了什麼，爲什麼妳要這樣對我？」他毫不在乎周遭有多少人在看，用力拉著我的手，一點也不肯放鬆。

「你心知肚明！」我冷著聲音，每一個字都咬牙切齒。

「我眞的不知道，爲什麼妳會是這種態度？」他看起來也很生氣，可是他有什麼資格生氣？

「放開我，我和你之間無話可說。」我定定望他。

「妳要繼續這樣嗎？」他冷著表情。

「我怎樣了？」我強忍想哭的衝動。

他沒回答，我甩開他的手，走出教室，同學們都讓到兩邊，我瞧見李妍蓁緊皺著眉。她一定很不滿我的做法，但她依舊選擇尊重我，沒有多加干涉。

莫千繪一臉疑惑站在不遠處，倒是陳萓汶完全沒有掩飾自己開心的表情。

「我要轉學了。」藍英倉跟著跑出教室，劈頭就是這句。

「什麼？」全班的人都驚呼，陳萓汶也訝異地睜大眼睛。

終於有她不知道的事情了嗎？

我拉緊書包的背帶，身體陣陣顫抖著。

「為什麼要轉學？」

「怎麼這麼突然？」

「都高三了耶！為什麼？」

大家七嘴八舌關切，無不震驚與不捨，而李妍蓁來到我身旁，手放在我的背上，「千裔，現在不是鬧脾氣的時候了。」

我鬧脾氣？為什麼說我是鬧脾氣？

難道我不該生氣？我沒有生氣的理由？

「為什麼要轉學了卻沒有提前說？」陳萓汶的聲音再次響起，那甜膩的嗓音讓我聽了就想吐。

「這……是因為我父母工作的關係……」

「可是那天我什麼也沒聽到啊！」

我轉頭，陳萱汶站在藍英倉身邊哭得梨花帶雨，兩個人站在一起是那麼般配。爲什麼陳萱汶會見到藍英倉的父母？那一天是哪一天？

我眞是可笑，在我以爲自己最接近藍英倉的時候，陳萱汶也許早已捷足先登。

我邁開腳步要走，被同學們團團圍住的藍英倉高喊：「孟千裔，等一下！」

「不要這樣，千裔。」李妍蓁也拉住我。

彷彿連一根針掉到地上都會被聽見的寂靜在四周蔓延，所有人屏著呼吸，藍英倉穿過人群。

「這件事很突然，我沒有辦法，因爲我爸工作的關係……這個月底我就會離開了。」

「月底不就是這個禮拜？」祁民驚呼。

「我也是昨天才知道，他們從不會提前告訴我，也不會徵求我的同意，每次都只是告知。」

「這不關我的事。」這一刻，我也沒料到如此冷漠的話語會從我的口中說出。

「孟千裔，妳這女……」祁民氣急敗壞，似乎想衝過來揍我一拳。

「反正這一切都是虛假的，我會當作什麼事都沒有發生過，我會忘記關於你的事，你也忘記我的事，到另一個地方好好生活吧。」我轉過身，直勾勾看著藍英倉的臉。

他往後退了一小步，嘴角撐起苦澀的笑，而同學們都露出無法理解的神情，有些人覺得我說得太過分，還低罵了幾句。

但是藍英倉笑了，那笑聲既輕柔又淒涼。

「也許我們潛意識之中，都不相信愛情。」他看著我，淡淡地說。

我好生氣、好想哭，不是我們不相信愛情，而是你不相信我！

你怎麼能……怎麼能離開，怎麼能背叛我！

「好啊，那你走啊，走得遠遠的，永遠不要再回來了！」我大吼，眼淚隨之滑落。

所有人都被嚇了一跳，李妍蓁想要安撫我，祁民則是看不下去，再度想開口罵我。

「孟千裔，妳明明知道我沒有選擇！」一向溫和的藍英倉怒聲回應，這讓大家更加不知所措，女生們見藍英倉發火，個個往兩旁退，莫千繪的臉色十分蒼白，就連陳萱汶都不敢再靠近。

「我也沒有選擇啊！」我吼回去，毫不退讓。

我居然會做出如此難看又丟臉的行徑，事到如今，我與藍英倉已經是徹底決裂了。

我轉身就跑，藍英倉也一語不發離開。

李妍蓁趕緊追上我，而祁民追上藍英倉，其他同學大多站在原地，曾頡佑制止了想去追藍英倉的幾個女生。

現在的我站在這邊看著一切，看著那些曾經發生的事情。

彷彿在觀賞電影一樣，一幕幕回憶在我的腦海中播映，我原本全都忘記了，因爲太過難堪、太過悲傷，所以我選擇遺忘，然後便眞的遺忘了。

「藍英倉！」現在的我大喊藍英倉的名字，他卻聽不見。

畫面再次跳轉，這回高中時的我躺在自己的床上。和藍英倉吵架之後，我好幾天沒有去上學，原因是生理痛。

由於我不曾生理痛到無法上學，因此媽媽很擔心，但其實我說謊了，我只是需要一個藉口。

我不知道該拿什麼臉去面對藍英倉，於是選擇了逃避。

李妍蓁每天都會來我家找我去上學，然而我始終避不見面，讓她被警衛擋在一樓。我以爲她會生氣，可是她還是不厭其煩地天天來。

「今天是最後一天了，藍英倉就要離開了！妳眞的……眞的要爲了一時的情緒，和他完全斷絕聯絡？」

李妍蓁在手機那頭焦急地說，現在是下午兩點，她趁著下課時間打來，我可以聽見電話那頭隱約的笑鬧聲，那是只有在學校裡才會聽到的聲音。

「孟千裔，妳不該是這樣的人，不要這樣！我會等妳來學校，我會把藍英倉留到放學之後，如果放學後過了半小時，妳還是沒出現，那我就放棄讓他走！」

我沒有回應，逕自掛斷電話。

躺在床鋪上，我的耳邊迴盪著李妍蓁的話。

翻來覆去好一陣，最後我決定起身。不要那麼幼稚，我這麼告訴自己。

我換下睡衣，離開了房間。經過廚房時，媽媽叫住我，「要買東西的話，我可以幫妳去買。」

「沒關係，我想走走，已經沒那麼痛了。」我隨口撒了謊。

離開家，我一路朝學校方向而去，沿途見到許多放學的學生。我戴起連帽外套的兜帽，並將拉鍊拉到最頂端，以防被人看見自己憔悴的臉。

抵達校門口，我猶豫著要不要進去。

這時，垂頭喪氣的李妍蓁和愁眉苦臉的藍英倉走過來，他們一看到我，先是一愣，接著李妍蓁拔腿朝我跑來。

「該死，我還以為妳眞的不來了！太好了！」她的聲音幾乎帶著哭腔，緊抱了我一下，「接下來交給你們了，千裔，不要讓自己後悔！」

說完，她轉過身對藍英倉揮手，「再見了，不過我想我們還會見面的。」

「嗯，拜拜。」藍英倉給了她一個微笑。

李妍蓁離開前拍拍我的肩膀，現在只剩下我和藍英倉了。

我們兩個保持著一點距離，藍英倉面無表情，顯然也不知道該怎麼開口。

氣氛好尷尬，我為什麼要來呢？

我轉過身，又想選擇逃避。

「孟千裔。」

腳步一頓，我握緊雙拳。

我聽到他向我走來，站在我的後面，「幫我把這封信交給陳萱汶。我想，她就是妳生氣的理由。」

四周的空氣好像一瞬被抽離了似的，我無法呼吸，也聽不到任何聲音。

世界彷彿崩塌了，眼前所有一切都變得扭曲，我顫抖著轉過身，看見藍英倉垂下目光，手上拿著一個寫著「陳萓汶」三個字的信封。

「你要我轉交給她？」

「對。」

「你怎麼可以叫我轉交？」我從來沒有覺得這麼痛苦過，他的請求有如蓄意的羞辱，苦澀在我喉間蔓延。

「因爲除了妳，沒有人可以幫我。」他強硬地將信封塞到我手裡，「我今天就要離開了。」

我看著手中的信，那輕薄的紙重如萬鈞，我拿不動。

「藍英倉，你怎麼可以……這樣對我？」我淚眼婆娑。

「那妳又怎樣對我了？」他冷著聲音。

我擦乾眼淚，眼前的藍英倉，不是我認識的那個藍英倉。

又或者，我從來就沒有認識過他，全是我自作多情。

「好，我會交給陳萓汶。」

「謝謝妳。」

別再讓我更難堪了。我立刻想逃離這個地方，藍英倉再次叫了我的名字，可是我沒有停留，我不再爲他停留。

「我希望妳能永遠開開心心的。」

那是他最後對我說的話。

現在的我只能在一旁撕心裂肺地喊，眼睜睜看著高中時的我們就此分道揚鑣。

不要走！

不要走！

不要走！

這才是我一直想說的話，無論藍英倉怎樣傷害我，即使不喜歡我也沒關係，但是求你，不要離開！

「不要走啊！藍英倉！」我朝穿著高中制服的藍英倉大喊，「你會死！你會死的，不要走，不要離開——」

不要離開我。

我喜歡你啊——

然而誰也聽不見。

第十一章

我睜開眼睛，發現自己哭到幾乎喘不過氣。我爬起來，顫抖著雙手。

那是我和藍英倉的最後一面，無比難堪、無比痛苦，所以我才會全忘了，因爲我要保護自己。

最後我確實把那封信交給了陳萱汶，她沒有當場拆開，之後她和藍英倉有沒有其他進展我也不知道，我沒過問，就這樣度過最後的高三生活。

而後，我考上現在念的這所大學，認識了黃宣甯和高元瑋，以及其他形形色色的人們，並加入搖尾巴社。我過著充實的大學生活，徹底遺忘了藍英倉。

他是我潛意識中最最重要的一塊，是沒有人可以碰觸、沒有人可以替代的一塊。

可是在同學會上，祁民帶來了藍英倉的死訊。

騙人的吧，他怎麼可能會死？

我一直、一直以爲，他過得很快樂，他已經忘記我了，所以才沒有跟我聯絡，所以才沒有任何人知道他的消息。

可是他卻死了，在十八歲就死了，我竟渾然不知，還忘了他！

我沒辦法原諒我自己，更無法原諒當時的自己。

什麼嫉妒、什麼憤怒、什麼背叛，那些東西一點意義也沒有，活著才是最重要的，生命才是最重要的。

愛情如此美好，爲何最後結局都會淪落成悲劇？

愛究竟是最偉大的情感，還是最無用的絆腳石？

「千裔、千裔！妳醒醒！妳看得見我嗎？」有人在我耳邊呼喚，但我看不清說話的是誰。

「孟千裔，不要再叫了，看著我！」冰涼的手貼在我的臉頰，視線終於聚焦，眼前是媽媽的臉。

原來我在尖叫，我不斷地在尖叫。

「千裔，妳怎麼了？不要這樣子嚇媽媽！」她哭了，頭髮完全沒有梳理的她看起來十分憔悴，我從沒看過媽媽這麼心力交瘁的樣子。

我搖頭，用力搖頭，沒事，我沒事，我不能讓媽媽擔心，我這個樣子不能讓夕旖他們看到，他們會擔心，會不安的。

我必須抬頭挺胸，他們才會抬頭挺胸；我必須無所畏懼，他們才不會害怕。

我不能倒下，我是他們的姊姊。

「對不起，媽媽，我做了一個噩夢，很長的噩夢。」我用謊言粉飾，指甲卻深深掐進手心。

「千裔，妳要不要去看醫生？妳這樣我好擔心。」媽媽直視著我的雙眼，止不住地流淚。

「不用，媽媽，我眞的沒事，我只是太累，有太多事情要煩惱了。求求妳，媽媽，我很好。」指關節因爲我用力握緊雙手而泛白，我渾身緊繃，「拜託，媽媽，讓我一個人靜一靜。」

「不行，妳跟我去看醫生，起來穿衣服。」媽媽想拉我起來。

「拜託，媽媽！我不想讓夕旖他們看見我這個樣子！」我大聲說，她被我嚇到了。

「千裔，妳從來沒有這樣過……妳到底怎麼了？」我激烈的反應讓媽媽更加擔心。

「我只是失戀了，我喜歡的那個人永遠不在了，永遠不會回來了！」說著，我哭了出來，「所以求求妳，媽，讓我靜一靜好不好！」

媽媽站在原地，凝視著我。

「好，但是我不要再看見妳這樣。」

「給我一點點時間，我很快就沒事了。」

媽媽退出我的房間，我在床上躺了好久，卻怎樣也沒辦法再睡著。

是因爲一切都結束了嗎？我和藍英倉後來就沒有交集了，所以夢境也到這裡結束了？

直到天都黑了，我才起身來到房外，夕旖差不多要回家了。

我踏進廚房，打開媽媽放安眠藥的櫃子，果不其然，藥已經不在那裡。

媽媽大概是把藥藏到自己的房間了。我走到她的房門前，發現上鎖了。

我咬著下脣，回房換掉衣服，抓起外套和錢包便往外跑。

搭上計程車，我一路往高中母校而去。

已經這個時間了，即使有校友的身分也不能進學校，我站在校門口，看著這個曾經天天報到的地方，感覺陌生至極。

明明每個地方都留有我與藍英倉的回憶，但是景物依舊，人事已非。

不該是這樣。我回到計程車上，跟司機說了另一個地址。

還有一個地方是我和藍英倉一起去過的，那間最好吃、最漂亮的輕食餐廳。

我懷著忐忑的心情在巷口下車，朝記憶中的地點走去，可是那本該是餐廳的地方變成了服飾店，放眼望去整條巷子全都換成了服飾店，原先靜謐的氛圍消失無蹤。

我亟欲尋找有過藍英倉足跡的地方，然而彷彿所有事物都隨著他逝去了一般，即便是存有回憶的場所，沒有他，就等於失去了存在的意義。

我拿起手機，找出那個我從沒撥過的號碼。

「……孟千裔？」接起電話的祁民明顯不敢置信。

還沒開口，我已經先哭了出來，「求求你，告訴我藍英倉的家在哪，我想見他。」

他在電話那頭默不作聲。

「求求你告訴我，我一定要見他！」

「我一直在等妳問我。」祁民的聲音顫抖著。

我根據祁民所提供的地址，搭乘高鐵來到遙遠的城市。

這裡的計程車不是跳表計費，而是司機自行喊價，這裡的天氣很炎熱，這裡的空氣比台北市中心好，這裡的人很熱情，這裡，曾經是藍英倉生活過的另一個地方。

站在獨棟的透天厝前，我按下電鈴，過沒多久有人來應門，是個小孩子。

「找誰？」他以稚嫩的嗓音問，我趕緊看看輸入到手機裡的地址，又對照門牌。

「哪位？」屋裡跑出一個女人，她在圍裙上擦乾自己的手，並把看起來約莫兩歲的孩子拉開。

「我……」眼前的女人雖然脂粉未施，我依舊認出是藍英倉的媽媽。她和我第一次見到的模樣大相逕庭，如今看起來就只是個樸素的家庭主婦。

她歪頭打量我，過了一會兒走出一名男人，他也來到門邊，「小姐，找哪位？」是藍英倉的爸爸。他和藍英倉幾乎是一個模子印出來的，如果藍英倉能活到這個年紀，想必會跟眼前的男人十分相像吧。

想到這裡，我的眼淚控制不住地奪眶而出。

我的反應嚇到他們夫妻，兩人面面相覷，而後手伸過來想拉起鐵門，「小姐，妳……」

「我想見藍英倉。」

聞言，藍英倉的媽媽一愣，隨即眼眶泛紅，「是……英倉的同學嗎？啊……我見過妳……」她認出我了，「妳是英倉唯一帶回家過的女生。」

我坐在藍英倉的房間內，這裡和他以前那個房間很像，牆壁一樣十分乾淨，沒有張貼任何海報，書櫃裡擺滿了書，床單也是素色，音響旁邊有張〈一步之差〉的CD。

唯一不同的是，書桌上立著一個相框，裡面是藍英倉掛著微笑的大頭照。

「請喝茶。」他的媽媽端著茶水進來，那個與藍英倉有些神似的孩子也跟著，眼睛眨巴眨巴望著我。

「他眞的不在了嗎？」我哽咽。

「嗯，我也不敢相信。一直到現在，我都覺得他只是出去了，晚一點就會回來，就跟那天一樣……」藍英倉的媽媽哭了起來，一旁的小小孩伸手抱住她。

「怎麼回事……爲什麼……」

「他說要去幫人慶生，因爲已經和對方約好，所以要搭第一班高鐵，於是他五點多就出門了。那天剛好是跨年過後，路上很多徹夜不歸的年輕人，也有不少喝了酒的人……然後……」

我難以置信地摀住嘴。他會死是因爲我？

他的忌日是一月一日，爲什麼我沒有聯想到？那天也是我的生日，沒想到他還記得，他還記得答應過要幫我慶生。

「想必妳知道我和英倉他爸的事……我們太年輕就談了戀愛，感情還沒穩定就生下英倉，彼此都還沒有身爲父母的自覺，直到英倉離開了，我們兩個才驚覺自己是多麼愚蠢，浪費了多少時間……可是英倉卻不在了……」

「媽媽，不要哭。」藍英倉的弟弟緊緊抱住她。

我看著照片上的藍英倉，眼淚無法停止。你怎麼這麼傻？我那樣對待你，你還……都是我的錯，要是死掉的是我就好了，為什麼是你走了！

藍英倉……

回程的路上，我魂不守舍。

藍英倉一直希望他的父母能夠有所改變、能夠再次相愛，然而諷刺的是，竟是藍英倉的死讓他們醒悟過來。

那個孩子……藍英倉的弟弟，一定不會跟藍英倉一樣那麼寂寞吧。

藍英倉的願望也算是實現了。

可是我好痛苦，死後才實現的願望有什麼用呢？藍英倉已經什麼都感受不到了。

「千裔，妳好幾天沒來上課了，是因為我的關係嗎？」

高元瑋傳來訊息，但此刻我只想縮到一個安靜的角落，不讓任何人打擾我。

✦

自我封閉了幾天，爲了不讓大家擔心，尤其是媽媽，我裝出已經恢復正常的樣子。她每天夜裡都會數度打開我的房門，而我則會假裝安穩地睡著。

但其實我睡不著，明明閉著眼睛，也感覺睡著了，腦袋卻異常清醒。眼下的黑眼圈越發明顯，我每天都要塗抹遮瑕膏才能出門，並且強撐笑容，假裝一切都跟以前一樣。

「之前那個展覽開始了呢。」中午和黃宣甯一同用餐時，她提到之前說過的展覽。

「嗯，要去看了嗎？」

「我不知道妳最近怎麼了，可是如果……妳並不討厭高元瑋的話，爲什麼不試試看呢？」

「我不想談論和戀愛有關的事。」我將便當的蓋子闔上。

「妳父母親的事情和妳無關呀！」

「不是因爲我父母，而是我心裡有人！」我瞪著她。

「如果那個人不能成爲對的人，如果那個人是造成妳傷神的原因，那爲什麼還要……千裔，不要在乎羅莞竹的事！」

「不，我一點也不在乎搶不搶人家男朋友之類，只是如果我有喜歡的人了，要怎麼和高元瑋相處？」

「愛情是可以培養的！」黃宣甯深吸一口氣，「連嘗試都沒有就說做不到，這是不對的。」

「爲什麼要一直把我和高元瑋配在一起？」

爲什麼無論是以前還是現在，都總有人想要把我和另一個男生湊對？

「因爲我覺得只有高元瑋可以帶領妳。」黃宣甯認眞地說，「那個展覽，妳和高元瑋去看吧。」

我沒應聲，最後也沒有約高元瑋去看，而是找了夕旖。

「妳最近沒睡好嗎？」敏銳的夕旖似乎察覺了我的不對勁。

「睡很多，時間也不短，但就是覺得很累。」我趕緊搖頭，「所以要和我去看嗎？」

「好啊，我明天下午沒有課。」

「那我們約捷運站見。」

之杏蹦蹦跳跳地回到家，見我們都在，便提議去吃麻辣鍋。不過那間店十分有名，並不容易訂位，這般臨時決定自然不可能訂到。頓時，我想起當年和藍英倉吃的那頓飯，義大利麵裡的紅色辣椒讓他嗆得雙頰發紅。

要是和他一起吃麻辣鍋，會是什麼情景？

我下意識開口：「我也挺想吃的，但訂不到位子也沒辦法，下次吧。」

夕旖瞪大眼睛看我，我笑了笑，「我想躺一下，要出門時再來叫我吧。」

「好。」

我轉過身，隱隱感受到夕旖的視線。

我已經奇怪到瞞不過夕旖了嗎？

躺在床上，想起那天的事情，我還是忍不住哭泣。

爲什麼這麼眞切的回憶，這麼眞切的他，眞的只存在於回憶裡了？

爲什麼藍英倉要死？爲什麼這一切會如此發展？

不久，夕旖來喊我出門，說還是去吃那間麻辣鍋店，她已經請人幫我們訂到位子了。我們訝異於夕旖的人脈，而她介紹了一個男生給我們。

「你們好，我是孟夕旖的大學同學，包廂都準備好嘍。」對方叫做李東揚，看起來和夕旖之間似乎有些什麼。

夕旖謊稱尙閎是她的青梅竹馬，大概是想試探這個男生，或是藉此遠離他吧。

不過既然會找他和我們一起吃飯，那想必是前者了。

我面帶淺淺的笑意，看著他倆的互動。他們還可以像這樣相處，幸福地待在彼此身邊，眞好。

鍋裡的辣椒載浮載沉，要是藍英倉也在這邊，該有多好。

吃完麻辣鍋之後，我一個人走在車水馬龍的街頭。閉上眼睛，我想像著如果他在，會說些什麼，做些什麼，又會是怎樣的表情。

「千裔，妳吃過東西了嗎？」高元瑋拿著飲料和餅乾來到我面前，其他人已經不會因為我們在一起而竊竊私語，也許是因為比起國、高中生，大學生對愛情的看法較為開放，也可能只是他們厭倦這條八卦了。

「別這樣，我不需要你拿東西給我吃。」我表明態度，以防他誤會。

「我知道，也不勉強妳。」高元瑋傻傻笑了笑，「我沒有一定要和妳交往，況且在我喜歡上妳之前，我們也是朋友啊。」

「唉唷，學長好噁心喔。」黃宣甯在一旁起鬨。

「我不會再說讓妳為難的話了，但妳也不要把我拒於千里之外。」他伸手捏了黃宣甯的臉，「妳剛才那樣鬧，只會讓千裔想疏遠而已！」

「好啦，我開個玩笑咩！」黃宣甯掙脫他的手，揉揉自己的臉頰。

「這個禮拜六輪到一年級的學妹們當志工，所以大家可以安排自己的事情。」高元瑋說完，把一瓶飲料和巧克力放在我桌上，走到其他地方和別人聊天。

「他保持著很恰當的距離，卻又讓妳能夠注意到他耶。」黃宣甯撐著下巴，「他大概真的很喜歡妳吧，才會和羅莞竹分手。」

我扯了扯嘴角，沒有答腔。

自從那天我不小心暴露出脆弱的一面後，媽媽便比較常提早回家，不過我表現得很正常，她雖然依舊擔憂，但也沒過於干涉。

有天，我們收到夕旖的通知，說今晚全家要一起吃晚餐。

我們有多久沒有全家一同用餐了？而且訂的還是很高檔的餐廳。我有些擔憂起來，該不會是要討論我的事吧？

不，應該不是，爸媽從來沒有爲管教我們而起過爭執，有什麼事通常都是由其中一方決定如何處理，另一方不會有意見。我想，媽媽不至於把我吃安眠藥又舉止異常的事情告訴爸爸。

所以一直到了下午，我才回覆夕旖的訊息，她擔憂地問我會不會是爸媽要離婚。這個可能性確實更高，但對我來說並不重要。

即使爸媽離婚，也不比藍英倉的死亡更令人悲傷。

在死亡面前，任何事情皆輕如鴻毛。

「但也無所謂吧。」

我這麼回應，夕旖沒有再傳來訊息，或許她覺得我很冷酷。

我們抵達餐廳，之杏的興奮全寫在臉上，她單純的小腦袋瓜裡肯定充滿了幸福快樂的想像，而夕旖帶著忐忑的表情，勉強擠出笑容，相較之下，尚閎顯得從容多了。

過了一會兒，爸媽一前一後到達，我們在服務人員的帶領下進入包廂。這頓飯有種鴻門宴的感覺，每個人都在猜測聚餐的目的，卻遲遲不切入正題，只是聊著生活瑣事。

爲何我們要裝成一個和樂融融的家庭呢？

這一切都只是假象吧，藍英倉的父母處得不好，也毫不掩飾這個事實，雖然這樣做同樣令孩子痛苦，但至少他們對彼此誠實。

而我們呢？我們這個家算什麼？

我放下刀叉，開口詢問：「今天有什麼特別的事情嗎？」

媽媽一如往常先反問我：「怎麼這麼問？」

「不然怎麼會全家一起用餐？」我又說，媽媽和爸爸交換了眼神，有一瞬我以爲她將我的狀況告訴爸爸了，現在他們可能要一起質問我。

爸爸卻雙手交疊，手肘輕靠桌面，「我想你們都這麼大了，應該知道我們家很不一樣。」

我驀地感到難以呼吸。

別再裝了，我們都別再裝了！

我多想如此吶喊。

「哪裡不一樣？是家裡有個沒有血緣關係的弟弟，還是父母時常不在家？或是家裡很有錢？又或者是你們之間沒有愛？」

這樣的家庭，就讓它分崩離析吧。

我無視瞪大眼睛的之杏，無視鬆了一口氣的夕旖，無視幾乎面無表情的尚闊。

我只想從這個地方逃離，我喘不過氣。

「既然你們早就發現我們感情不睦，這樣一來我們也輕鬆許多，不必親口對你們說出殘忍的事實。」媽媽終於願意說實話了。

即便，她還是隱瞞了自己愛著爸爸這件事。

但我看見夕旖似乎想站起來說些什麼，這一瞬間我才明白，原來她也知道媽媽愛著爸爸。

我瞪著她，暗示她不要多話，不要說出別人亟欲隱藏的祕密，那是媽媽的決定，我們不該擅自戳破。

接收到我的眼神，夕旖遲疑了一下，最後還是將話吞了回去。

「我們之間沒有愛情，這段婚姻之所以會存在，是因爲兩方家族需要一場聯姻。」這一次，換爸爸開口了。

我聽著他們述說陳年往事，說著當初爲何結婚，說著他們如何忍耐到了極限，可是這些都不重要，對我來說，這些都是廢話！

因爲我們都還活著，還有很多機會改變這一切。

可是我與藍英倉的故事卻停在那一年，再也不會有人可以讓我如此思念與後悔。

「所以……你們要離婚嗎？」之杏臉色蒼白，聲音顫抖。

「我們不會離婚，但也不會在一起。」爸媽同聲說。

之杏的眼淚無聲滑落，尙閎靜靜接受，夕旖則抬頭看向我，從她的眼神中，我察覺到了求助之意。

她希望我能說點什麼，讓氣氛變得和緩一些，可是我好累。長年以來，我也像媽媽一樣，假裝自己很堅強。

「說完的話，我還有事情，先離開了。」

我站起身，微微的眩暈感襲來，我定了定神，直接走出餐廳。

隱約聽見有人打翻東西，包廂內傳來混亂的騷動聲，可是我疲憊得無力回頭。

茫然地走在街道上，我覺得自己就像行屍走肉。我撥了電話給李妍蓁，告訴她我好累。

「要不要我去找妳？」她擔心地問。

「我只是希望能有個人說說話，可以陪我聊聊藍英倉。」

「千裔，妳是喜歡他的，沒錯吧？」

「是呀，我好喜歡他……爲什麼到了現在，我才承認呢？」

李妍蓁哽咽著，「那封信，妳確定眞的是給陳萓汶的情書嗎？我一直看著你們，我不相信藍英倉沒有喜歡上妳。」

「我不知道，那封信我沒有打開過，後來也沒有追問……」

「我去問。」

「不要，我已經不想知道答案了。」眞相太過殘酷，光是藍英倉是爲了回來幫我慶生才遭遇死劫這一點，就讓我永遠也沒辦法原諒自己。

「都到這個地步了，一定要知道眞相。我會負責去找陳萓汶，千裔，有任何事情隨時打給我，千萬不要有奇怪的想法，知道嗎？」

「放心，我不會傷害自己。」我明白她的擔憂。

掛斷電話之後，我看見尚閎傳來的訊息。

「夕旖在妳離開之後也走了，妳們都還好吧？我會在家等妳們回來。」

「放心，你把之杏顧好就可以了。」

回完訊息，我靜靜看著眼前川流不息的人群及車潮，也不知道怎麼回事，隨手就發了封訊息給高元瑋。

「你能喜歡我多久？」

他很快地已讀，過了幾分鐘後回應。

「我也不知道。」

我勾起一個蒼涼的笑。

「或許，我永遠也沒辦法喜歡上你。」

「這種事情，誰也不能肯定吧。」

「我不想給你無謂的期待，我有喜歡的人了。」

「我知道。」

我頓了頓，關閉螢幕。

說這些有什麼用呢？一點意義也沒有。

我離開此處，和夕旖相約一起回家，面對她的時候，我盡量表現出輕鬆的模樣。

我們的家已經開始在改變了，我不能改變。

不安定的因素太多，我不能也成爲令弟弟妹妹們不安的原因之一。

回到家時，之杏和尚閎都已經就寢，我和夕旖道了晚安，回到房內便直接躺到床上。

直到隔天，我才看見高元瑋又傳了訊息。

「如果妳是怕傷害我，那不用擔心，我不會被妳傷害。但如果妳眞的不想要我在妳身邊徘徊，直說，我會離開。」

說實話，不感動是騙人的，尤其在我那樣傷害過藍英倉之後，居然會遇見一個人說不怕被我傷害。

藍英倉再也沒出現了。

李妍蓁說那是託夢，但我想不是託夢，也許是藍英倉要我想起來自己有多麼過分吧。

他是恨我的吧。

這樣的想法糾纏著我，讓我幾乎無法好好過自己的生活，直到尙閎生日的前夕，之杏提到想爲他舉辦派對，並表示她會邀請男朋友來參加時，我才突然有了回到現實的感覺。我和夕旖都反射性將正在吃的水果噴了出來，異口同聲大喊：「男朋友？」

一瞬間，我的腦中閃過「之杏是藉由新戀情來忘記尙閎嗎？」這個想法，可是看見之杏臉紅的模樣，我就知道自己多心了。

她已經走出來，選擇接受另一個人。

夕旖忽然上前用力抱緊之杏，從來沒有對之杏那麼溫柔過的她，突然做出這個舉動，讓之杏嚇得向我求救，「千裔，妳看夕旖她……」

「讓姊姊好好抱抱妳們兩個妹妹吧。」我張開雙臂，將她們攬在懷中。

「幹什麼啦……妳們兩個今天好奇怪喔……」之杏嘴上這麼說，卻也緊緊回擁我們。

我好想哭，最近淚腺像是徹底壞掉了。

因爲之杏的事情，我決定試著改變自己。

我想念藍英倉，可是他一定很恨我。

其實我並不堅強，我很懦弱、很膽小，我沒有辦法一個人站起來，一定要有人拉著我才行。

「我可以和你在一起，但是我不會愛你。」

所以，我發送了如此自私的訊息給高元瑋。

「即使是那樣，也沒有關係。」

而他答應了我無理的要求。

我將自己全身的重量，連同心中沉重的罪惡感，全都壓到高元瑋身上。

他必須費盡力氣才能支撐我的脆弱，以及我對藍英倉的思念。

他可以喜歡我多久呢？他能夠支持我多久呢？

Lady Gaga的〈Perfect Illusion〉在我的心中迴盪。

It wasn't love, it wasn't love.
It was a perfect illusion.
Mistaken for love, it wasn't love.
It was a perfect illusion.

這不是愛，這只是完美的幻覺。
這是錯誤的愛，是虛幻的假象。

第十二章

我和高元瑋交往的消息，不知爲何僅僅一天就傳遍全班，甚至還傳到其他系的同學耳裡。

很快又有另一個流言出現，說這場三角戀是孟千裔贏了。

姑且不論這樣的說法是否正確，本來學校就是個人多嘴雜的地方，我也不怎麼在意，只是我們三個都還在同一個社團，要是影響到社員之間的相處氣氛可就糟了。

「我最近會緊緊跟著妳。」黃宣甯顯然也想到了這點，神情有如要上戰場一樣，只差沒誓死保護我。

「不需要啦，妳不用約會喔？」我輕笑。

「妳這邊比較重要，我男友那邊先讓他自己去玩沙。」黃宣甯幫我整理好課本並交給我。

「我又沒做錯什麼事。」我接過課本放入背包。

「不管怎樣，愛情總是盲目的，羅莞竹說不定會傷害妳。總之，我會保護妳的。」

黃宣甯像男人一樣挺起胸膛，用力拍了兩下。

「莞竹不是那樣的人。」高元瑋不知何時來到我身邊。

「你不能在現任女友面前提前任女友啦！」黃宣甯瞇起眼睛。

「千裔才不會像妳那麼幼稚。」高元瑋看著我，微微一笑，「今天的社團活動很單純，就是幫小黑跟三隻小狗洗澡，還有帶牠們去做健康檢查。」

「好，沒問題。」我也回以微笑。

「唉唷，那我是不是不要打擾你們比較好？」黃宣甯語氣曖昧。

「妳只是想偷懶吧！」高元瑋沒好氣地說。

「你怎麼都沒有對我比較溫柔啊？基本上是因爲我的關係你才認識了千裔耶！而且我是千裔的好朋友，你應該要討好我啊！」

「我看妳這個樣子就不想理會。」高元瑋伸手打了她的頭。

我們三個吵吵鬧鬧地前往社團教室，這樣的景象讓我想起高中時代，藍英倉和李妍蓁也常走在我前面。

他們兩個不會動手動腳地打鬧，也不太會互相耍嘴皮子，總是聊著一些很日常的瑣事，若我太久沒有出聲，他們便會同時停下腳步，轉過頭看我。

李妍蓁會隨意一撥粉紅色的髮絲，藍英倉則會瞇起眼睛微笑，眼角的淚痣就這樣隱沒在眼尾的紋路之中。

「怎麼啦？千裔。」他們將一起這麼問。

「千裔，妳在發呆呀？」而此刻，黃宣甯和高元瑋也停下來，回過頭看我。

「沒什麼，只是覺得天氣很好。」我說。

「是啊，這樣小黑牠們洗完澡很快就會乾了。」高元瑋也抬頭看看天空。

他和藍英倉一點也不像，是完全不同的類型。

當我們抵達社團教室時，阿瑞和其他一年級的女生們都到了，正在討論之前去動物之家時遇到的一些問題。我掃視了一下，沒瞧見羅莞竹的身影。

「她可能會退社吧。」黃宣甯注意到了我的動作，可是她才剛說完，羅莞竹便冒出來。

「找到老三了，牠縮在最裡面的桌子底下，那裡都是灰塵，所以牠把自己弄得更髒了。」羅莞竹抱著年紀最小的那隻狗，小黑狗的身體沾滿了灰塵，變得灰灰白白的。

「哈啾！」小黑狗打了個噴嚏。

「哈哈哈……」羅莞竹開懷地笑。

「我來幫牠們洗澡吧。」我走過去，伸手想抱過小黑狗，羅莞竹的手卻往回收。場面看似一觸即發，所有人都安靜下來，我的眼角餘光瞥見高元瑋在後頭躊躇著，似乎打算上前。

然而，羅莞竹綻開笑容，「我們一起幫牠們洗吧。」

社員們驚訝地你看我、我看你，都沒料到羅莞竹的態度會如此大方。

「但妳不是不喜歡碰到水？」我問。

「沒事的，總是要克服呀。」她聳肩，對我眨眨眼，「而且那天是大晴天，妳忘了？所以我覺得沒問題的。」

在動物之家，羅莞竹說著她已經沒事了的那天，確實豔陽高照。

「好，那我們一起洗吧。」我也笑了。

看著羅莞竹抱著小黑狗的背影，我不自覺地想，要是當時我和陳萓汶或莫千繪都能夠成熟一點的話，事情是不是就不會走到那麼糟糕的地步？

「千裔和莞竹負責幫三隻毛孩子洗澡，阿瑞你們去洗小黑，我出去買飼料跟其他用品，宣甯妳打電話跟動物醫院預約注射預防針。」高元瑋拍了拍手，將該做的工作交代給每個人，「剩下的人負責畫海報，動作快。」

除了有活動的時候，每隔一段時間我們就會繪製新的海報，張貼在學校的各個公布欄進行宣傳。每張海報的圖畫和設計都不一樣，但皆以我們的校犬以及狗兒相關的元素爲主。

高元瑋曾說過，這是「潛移默化之中讓人喜歡上狗」的作戰計畫。

即便是原本對狗沒有特別感覺的人，若是連續好幾天看了小狗的可愛照片或影片，也很可能因此開始對狗產生好感，甚至漸漸地覺得狗很可愛，進而喜歡上狗。

以成效來說，這個作戰挺成功的，我們學校的學生都非常照顧並喜愛每一隻校犬。

我和羅莞竹注意著三隻小狗，避免牠們亂跑，她一邊用水沖洗牠們的身子，一邊緊皺著眉頭，像是在忍耐一樣。

「或許妳可以想像是在和狗狗一起洗澡。」我提議。

「這怎麼想像呀？我可是穿著衣服。」她哈哈笑了兩聲。

「妳……如果有任何話想對我說，我都會接受的。」無論我內心真正的想法是什麼，對羅莞竹來說，我就是和高元瑋交往了。

「我只有一句話。」羅莞竹臉上帶著溫和的笑容，「好好對他吧。」

我感覺胸口一緊，「就這樣嗎？」

「對。以後我們不要再談論這個了，不然也太尷尬了吧。」她開朗地笑，雖然看起來還有些勉強，但她依舊笑著。

「好，我答應妳。」然後我們再也不提這件事，專注地為小狗們洗澡。

要是羅莞竹知道我並不喜歡高元瑋，卻還是和他交往的話，她會怎麼想呢？

「社長……咦？社長不在嗎？」某個一年級的學妹拿著海報跑出來。

「他剛剛說了要去買飼料。怎麼了嗎？」羅莞竹問。

「我想問問看，這樣的構圖可以嗎？夠可愛嗎？」女孩高舉海報，只見中央寫著搖尾巴社的相關資訊，周圍則畫了好幾隻呆萌的柴犬圍繞。

「可以呀，很漂亮，我想看到這張海報的人都會愛上狗狗吧。」羅莞竹讚美。

對呀，雖然我不喜歡高元瑋，但我也可以用潛移默化的方式讓自己慢慢喜歡上。只要常常和他出去玩，與他拍許多合照，並且天天看著他，嘗試每天都要想他，和他分享自己的生活，這樣總有一天，我一定會喜歡上他。

我和羅莞竹將三隻小狗洗乾淨，阿瑞他們也把小黑洗得渾身發亮，接著我們一起擦乾牠們的毛，讓牠們在校園的草地上奔跑。

「啊，我男友來接我了。」黃宣甯看看手機，向社團的大家說了聲再見，然後跑到我身邊輕輕抱了我一下，在我耳邊低聲說：「我發現羅莞竹看得挺開的，這是好事，那我就不需要保護妳啦。」

「傻瓜，妳把自己的事情顧好就好。」我也回抱她一下。

黃宣甯笑著揮手，朝她男友所在的地方跑去，幸福之情全都寫在臉上。

我是否也曾經用一樣的表情奔向藍英倉呢？

「妳也要回家了嗎？」高元瑋走到我身邊，他溫柔說話的模樣是以前從未見過的。

我牽起他的手，他驀地一愣，動作變得僵硬。

「我們出去走走吧。」我說。

「好啊。」他開心笑了。

一定得要有個人支撐著我，我才有辦法繼續往前走，反正高元瑋也說了沒關係，他不會受傷。

只要最後，我喜歡上他，這樣就行了。

這段日子以來，我們去了很多地方，除了看電影、吃下午茶以外，還會去流浪動物之家以及可以帶貓狗進入的咖啡廳。

他特別喜歡看展覽，我們欣賞過許多新生代藝術家所舉辦的展覽，即使我連那些藝術家的名字都沒聽過；而我則最常帶他去國家圖書館。

「哪有人約會來圖書館的。」第一次這麼做時，他說。

「你不喜歡呀？」我歪頭。

「也沒有不喜歡。」他看著我，寵溺地笑了，還摸了摸我的頭。

我並不討厭他如此對我，只是偶爾會覺得有些內疚，要是我能快點喜歡上他該有多好？否則他對我越是溫柔，我便越是難受。

手機裡充滿了我與高元瑋一起拍的照片，我們天天見面，禮拜六、日也約會，我已經不再夢見藍英倉，可是我依舊睡不好，時常感到呼吸困難。

我忘記問那些原本不喜歡狗的人，潛移默化需要多長的時間呢？他們花了多少時間才喜歡上狗？

必須經過多久，我才能忘記藍英倉，喜歡上高元瑋？

「千裔，妳想好要送什麼生日禮物給尚閎了嗎？」夕旖忽然跑進我的房間，我關掉手機螢幕。

「還沒，妳呢？」我扯了扯嘴角，夕旖的視線停留在我的手機上一會兒。

「也還沒，那我們要不要一起去挑？」她提議。

「好，之杏呢？」

「她自己會準備，況且她的眼光也和我們不太一樣。」她扮了個鬼臉，「那我們這禮拜六去吧。」

「好啊，舉辦派對的日子快到了，也該準備了。」

「沒問題。那個……千裔，妳最近怎麼了嗎？」夕旖又一次問。

「沒怎麼樣呀。」我把一側的髮絲勾到耳後，「我看起來怎麼了嗎？」

夕旖抿抿脣，「沒事，那妳快睡吧，晚安。」

「晚安。」

她踩著拖鞋回到自己的房間，關上門的聲響傳來。

我再次開啟手機螢幕，手機的桌布以及相簿裡全是我與高元瑋的合照，但我總覺得不對勁，怎麼看怎麼奇怪。

是什麼還不夠呢？

戀愛經驗缺乏的我，根本不清楚一般的男女朋友該是怎樣相處，一定有個可以迅速增進感情的辦法吧？

所以我打電話給李妍蓁，果不其然她又在外頭玩樂，從背景的嘈雜聲來判斷，大概是在KTV唱歌。

「千裔，怎麼啦？難得這麼晚還找我。嘿，妳要出來嗎？」她聽起來有點醉了，我決定速戰速決。

「有什麼辦法可以迅速提升和男朋友之間的親密度？」我單刀直入。

「哈哈哈，這是什麼，心理測驗嗎？」李妍蓁放聲大笑，「上床啊，親密度直接飆到最高。」

她的答案一點建設性也沒有。

可是我又覺得，好像有那麼一點道理。

「不過這只對肉體方面有幫助喔，心靈上的親密度說不定反而會倒退……不對啊，孟千裔，妳問這個幹麼？」

「沒事，妳不要太晚回家。」掛斷電話前，我聽見她在那頭喊，而她馬上打來，我決定不接，直接切換成勿擾模式。

「孟千裔，我剛才是開玩笑的，妳可別傻了。」

她傳來訊息，我隨意回了個貼圖後，翻身入睡，一夜無夢。

隔天一起床，我立刻打電話給高元瑋，問他有沒有空。

「不是約好了今天要去吃烤肉嗎？我已經準備出門嘍。」我聽見衣服摩擦的聲音，他應該正在穿外套。

「不，不吃了。」

「不吃了？爲什麼？」他很訝異。

「我想去你家。」

「我家？來我家做什麼？」

「看看你的畢業紀念冊，看看你的房間，反正做什麼都可以，我想去你家。」我頓了頓，「你的家人在嗎？」

「他們都去親戚家了。千裔，妳怎麼了？」

「我沒有怎樣，難道不歡迎我去你家嗎？」

「也不是……可是……」

「高元瑋，你不是喜歡我嗎？」我說。

他在電話那頭靜默許久，最後說出了他家的地址，並表示他會在捷運站等我。

結束通話，我不敢相信自己居然會提出這麼直接的要求。

我沒有那麼愚蠢，眞的想靠跟他上床來讓感情增溫，只是身體的接觸可以提高親密度也許是眞的。我曾經看過一篇文章寫到，女人比男人更容易因爲性而去愛。

也就是說，如果我和高元瑋有了更親密的接觸，也許我就能更加在意他、進而喜歡上他。

即使只是擁抱、親吻，這也能讓我們的感情加深吧？

出了捷運站，我看見高元瑋坐在附近的長椅上，他朝我走來，神色十分凝重。

「走吧。」我拉起他的手。

「妳怎麼了？」他問我。

爲什麼最近這麼多人都問我怎麼了？我很好啊，我沒事啊！

「沒有怎樣，只是想快點去你家。」

「妳來我家做什麼？」他沒移動腳步，只是凝視著我。

「我不能去你家嗎？」

「不是不能，只是這樣很奇怪！」高元瑋加重語氣，「我希望我們之間所有的一切都是自然發生，而不是刻意去做什麼。」

我愣住，鬆開他的手，「我沒有刻意去做什麼。」

他一扯嘴角，「沒有嗎？每天見面、每天通電話，妳甚至每次出門都一定要合照，還把我們的合照設成手機桌布。」

「這不好嗎？」有男朋友的女孩子不都會這麼做嗎？

「妳不是這樣的人，妳在刻意營造……營造相愛的感覺！」他握緊雙拳，「我知道妳不喜歡我，我寧願妳冷冷地對我，也不要這樣……」

「怎樣？」我茫然看著他。

「這樣一直強迫自己喜歡上我！我看了就覺得可悲！」

我眞的不懂，爲什麼高元瑋要這麼生氣？

難道我努力想喜歡上他錯了嗎？他寧願我冷冰冰的，不斷強調自己不會喜歡上他嗎？

「我不介意妳有喜歡的人，可是妳眞的有打算走出來嗎？妳從不和我談論那個人、不告訴我以前的事情、不介紹妳其他的朋友給我，也不讓我認識妳的弟弟妹妹，妳的內心深處分明做好了隨時和我分開的準備，不把我當自己人，卻又想勉強自己喜歡上我，妳的行爲太矛盾了！」

「爲什麼？那是我自己的生活、我自己的隱私，爲什麼要跟你說？」關於藍英倉的一切是我永遠的祕密，沒有人可以玷污。

「如果……如果是這樣的話……」他垂下頭，看起來十分受傷。

「我傷害你了嗎？」我往後退了一些，「所以你想分手嗎？」

「不！我不想分手。」他趕緊抬起頭，「我只是希望妳……不要那麼勉強自己，用跟以前一樣的態度跟我相處也沒關係。」

「我不明白，我這樣做到底哪裡錯了？」我又走近他，「你吻我。」

「孟千裔，不要這樣。」

「爲什麼不吻我？男女朋友不是都會接吻嗎？」我忿忿地推了他一把。爲什麼我這麼努力，他卻看不到？爲什麼責怪我？

什麼叫做跟以前一樣？什麼叫做勉強？

我這是在努力啊！

「如果是那個人在妳眼前，妳會這樣要求他吻妳嗎？」高元瑋大吼，頓時我整個人愣住。

要是藍英倉在我面前……

身穿藍色襯衫，總是頂著一頭亂髮，笑起來眼角的淚痣會深陷在眼尾的紋路之中，帶著憂鬱氣息的藍英倉。

我只會想哭，只會想抱緊他，想跟他道歉，想叫他不要走，但我一定什麼話也說不出來，連動都動不了。在藍英倉面前，我連自己都無法控制。

「孟千裔……妳看看妳自己的表情。」若眼神眞的能夠傳達一切，在這一刻，我明白自己深深地傷害了高元瑋。

我甚至不知道高元瑋是什麼時候離開的，我的眼淚不斷滑落，久久無法自已。

那天晚上，我久違地夢見了藍英倉。

夢中一片漆黑，他站在黑暗中，靜靜看著我。

「你看什麼呀？」

「過來啊！」

「你有什麼資格指責我的行爲？」

「爲什麼你喜歡陳萱汶？」

「爲什麼你要來幫我慶生？」

「爲什麼你要死？」

無論我在夢裡怎麼叫喊，怎麼朝他奔跑，他始終與我保持著一定的距離，我怎樣也碰觸不到他。

「藍英倉，藍英倉……」我跑得累了、哭得乏了，只能停下腳步，看著藍英倉慢慢消失。

接著我醒過來，只剩下眼淚是眞實的。

我傷害了高元瑋，又背叛了藍英倉。

我到底在做什麼？爲什麼把事情弄得一團糟？

不該是這樣的。

我顫抖地拿起手機，最開始的時候我就做錯了，我不該答應和高元瑋在一起，試圖用一段感情忘記另一段感情是最愚蠢的做法。

可是無論我怎麼撥打電話，高元瑋就是不接。我不想用傳簡訊告知這種爛方式分手，所以只是發訊告訴他我有話想說，請他回電或接電話，然而他不讀也不回應。

接下來幾天，我都沒有在同堂課上見到高元瑋，即便在學校看見他了，他也是急匆匆地跑走。

「妳和高元瑋吵架了嗎？」黃宣甯好奇地問。

「沒什麼，妳如果有遇到他，叫他打給我。」

「唉唷，沒想到會是他刻意避著妳呢，我以爲他那麼喜歡妳，一定不會捨得和妳吵架，沒想到喔……果然男人把女孩子追到手以後，態度就變了，我男朋友最近……」幸虧神經有些大條的黃宣甯什麼也沒意識到，自顧自說起自己的事，我強裝出笑容，有一搭沒一搭回應。

✦

「妳覺得這條怎麼樣？」夕旖拿起一條時髦的領帶要我看。

「一點也不適合尙閎。」我搖頭。

「我也覺得，實在很難買耶，尙閎物欲那麼低，又什麼也不缺，眞是討厭。」她把領帶放回架上。

「如果問他要什麼禮物，他還會說『妳送什麼我都開心』呢。」我笑著，夕旖用力點頭。「不知不覺，尙閎來我們家七年了。」

「當初妳問他生日是什麼時候，結果尙閎根本不知道，最後還是爸爲他選了一天當他的生日。」夕旖取下一件運動外套，在自己身上比來比去。

「對呀，我記得。不知道自己確切的出生日期，眞讓人有些感傷。」尙閎一直有他辛苦的地方，而他又是如何紓解那些壓力呢？

「就選這頂帽子和剛剛那件外套吧，送這種禮物很實用。」又挑了一會兒，夕旖決定選擇手上的帽子，又指了指剛才看過的那件運動外套。

「不知道他會不會喜歡？」我轉身拿了外套，卻突然瞥見高元瑋的身影。

「就這件吧，我們去結帳……妳怎麼了？」正要往櫃檯走的夕旖停下腳步。

「妳先拿去結帳，我看到我朋友，等等回來。」我把外套塞到夕旖手中，匆匆跑出店外。

高元瑋躲我躲了好幾天，在這邊遇到他絕對不能錯過。我四下張望，在轉角處看見他正好走過去，於是連忙追上，大喊：「高元瑋！」

大概是沒料到會遇見我，他嚇了一跳，而且顯然又想要逃。

「不准跑！」

他停下，站在原地看著我。

「你爲什麼一直躲我？」我喘著氣，稍微緩過來之後才開口。

「我知道妳要對我說什麼。」他垂著頭，注視自己的腳尖，接著看向一邊，「我不想分手。」

「這樣下去，你只會更痛苦。」

「只要妳別勉強自己喜歡我，我們繼續像之前那樣相處就好。」

「那恢復成朋友關係不是更好嗎？」

「我並不希望，一旦退回朋友關係，就永遠只會是朋友了。」高元瑋固執地拒絕，

「我不會分手。」

「高元瑋，你爲什麼要這麼的……卑微，這麼的委屈？我不是那麼好的女孩子，也不值得你如此。莞竹要我好好對待你，可是我只是一直在傷害你，這樣不如回到……」

「不要再說了，孟千裔，別讓我顯得更悲慘。」他撐起微笑，「我對妳的感情不是那麼膚淺的，所以也請妳不要看輕我的愛。我並沒有卑微，我只是想用我的方式待在妳身邊。我們才在一起多久？妳甚至還不眞正了解我，我也還不了解妳，爲什麼我們就不能再試試看呢？」

「不要這樣，這次換我對你說不要這樣。」

「妳也很認眞地喜歡著一個人，喜歡到難以放棄，那妳又怎麼忍心要我放棄？我好不容易因爲妳明白什麼是愛情，不要把我推開。」高元瑋眞誠地看著我，我被他堵得啞口無言。

要是藍英倉用我拒絕高元瑋的這種態度拒絕我，我一定會很痛苦，當年我就是害怕被藍英倉推開，才會選擇傷害他與逃避。

「我……讓我想……」

「我不會答應分手。」高元瑋堅定地看著我。他和我最大的不同之處是，他終究還是選擇了面對。

「我最後一定還是會傷害你的……」

「那種事誰知道呢？」他扯了下嘴角。

「我妹妹在等我……」我丟下這句話，轉過身回去找夕旖。

我的頭好暈，彷彿能感覺到高元瑋的視線從後方投來，刺得扎人。

原來背負著別人的感情，竟是這般沉重。

夕旖提著兩個提袋站在店門口東張西望，一看見我，她先是一愣，接著焦急地跑過來，「千裔，妳怎麼了？」

「沒什麼，覺得頭有點暈，我們回家吧。」這陣子，最多人對我說的話大概就是「妳怎麼了」，而我總是回答沒事。

「要不要看醫生？」

「不用了，回家休息一下應該就沒事了。」我伸手要拿過其中一個提袋，但夕旖說她拿就好，還伸手攙扶我。

離開購物中心時，我回頭看了一眼，高元瑋依舊站在不遠處，用柔和的目光望著我。

愛情就是這麼卑微、這麼委屈嗎？

這肯定是一份扭曲的愛，可是，我或許還是需要這份愛。

忽然，我稍微理解媽媽的處境了。那份扭曲的愛對她來說有多麼重要？也許她需要的不是爸爸的愛情，而是能夠陪伴爸爸一輩子，與他生兒育女，在死後和他同葬一處。

每個人需要的愛，都不一樣。

「所以參加生日派對的有我們四個，加上沈品睿、康以玄、李東揚，還有尚閎和我的幾個國中同學，以及許蓓菁跟……」之杏正在統計有多少人來參加尚閎的生日會，這樣才知道要準備多少餐點，「對了，柴小熙我也打算叫來，可是要瞞著尚閎。」

「妳是說尚閎的曖昧對象嗎？」夕旖問，我對這個名字也很熟悉。

「是呀，她和尚閎之間只差一步，所以，柴小熙是我送給他的生日禮物。」之杏微笑，這一瞬間，我知道我的妹妹長大了。

「真期待看見那個柴小熙，到底是怎樣的女孩能讓尚閎打開心扉？」夕旖顯得很開心。

「對了，千裔，妳有打算邀請誰來嗎？」之杏問我。

我思考了一下，最後搖頭，「沒有。」

「除了妍蓁姊和高中時的那個男生以外，我們都沒見過千裔的其他朋友呢。」夕旖看著我，若有所思。

「是呀，該不會千裔其實沒什麼朋友吧？」之杏擔憂地說。

「別傻了，千裔又不是妳！」雖然這麼吐槽，夕旖的神情裡卻也流露出一絲擔心。

好一陣子之前，她曾經為此關心過我，那時我剛開始夢見藍英倉，也回想起當年剛升上高一的自己幾乎沒有朋友。而上了大學以後，雖然很快就和大家打成一片，卻少了高中時代那樣的真心。

高中時待在藍英倉身邊，我時常可以感受到天空的湛藍、白雲的變幻、空氣的味道，那種開朗的心情已經很久很久沒有出現過了。

當下我只是簡單地對夕旖說，我有點為人際關係煩惱，而夕旖似乎誤會了，以為我和朋友之間發生了什麼，不過我也沒再向她解釋更多。

「夕旖，我沒事。」我低聲說，她沒有回應，不過我知道她聽見了。

我之所以不邀請任何人來參加尙閎的生日會，主要是因為李妍蓁更喜歡夜店式的狂歡，而且她對於生日會這種活動很感冒，覺得那是小孩子的慶祝方式。

另外，雖然夕旖和之杏都邀請了自己的男朋友，但我並沒有打算邀高元瑋。

也許真的就如高元瑋所說，我的內心深處一直都不把他當作自己人，所以才沒有介紹李妍蓁給他認識，李妍蓁根本不知道他的存在。

我也不會想在尙閎的生日會上，讓大家見到他。

「如果今天是藍英倉呢？妳邀請他嗎？」

我似乎可以預想李妍蓁得知這件事後，會用什麼樣的語氣提出這個問題。

如果是藍英倉的話，我會。

✦

尚閎的生日會上熱鬧非凡，身為尚閎最好的朋友，沈品睿卻大遲到。我不太熟悉這個男生，不清楚他是怎樣的人，但他總是笑口常開，即便看起來有些虛假，不過應該還是個不錯的人。

我喝著夕旖的男友李東揚帶來的梅酒，一個人站在客廳角落回憶從前。

尚閎高一的時候，曾經和沈品睿一起蹺課過，當時爸媽都被老師請到學校去，這件事現在想起來依舊讓我心痛。尚閎國中時曾說過，他不會做出有損孟家形象的事。

可是他居然蹺課了，當時尚閎是不是已經忍耐到極限，是不是需要一個出口逃離？

當他看見爸媽低頭向師長道歉的時候，是否又再次封閉自己了呢？

這樣的他，如今依舊勉強著自己嗎？

「唷，孟尚閎帶女生回來！」李東揚忽然大喊，夕旖打了他一下，說了幾句話之後朝我跑來，同時我也往大門口看去，瞥見一個長髮女孩，但尚閎隨即關上門。

「可惜，沒看到。」夕旖嘖了聲。

「反正他遲早會帶進來的。」我笑了笑，這個女孩也許是尙閎的救贖。

過了一會兒，尙閎果然帶著那個女孩回來，他有些害羞地向我們介紹女孩名叫柴小熙，而我環顧四周。

尙閎有柴小熙。

之杏有康以玄。

夕旖有李東揚。

他們三個明明跟我一樣在這個家庭成長，然而他們都有了支撐自己的戀人，他們都往前進了，只有我站在原地，停滯不前。

頓時，我既覺得欣慰，又感到嫉妒與羨慕。他們也看過爸媽之間那無愛的冰冷，爲什麼還能相信愛情呢？

我的腦袋又驀地有些暈眩，於是決定回房休息。當我走向房間時，注意到夕旖的房門沒關。眞是的，家裡來了這麼多客人，房門居然還忘了關。

我正要過去關起房門，卻聽到裡面傳來談話聲。

「可是曲偲齊又不叫林禎。」是李東揚的聲音。

「你不知道可以改名嗎？李東揚，你故意裝傻是不是？還是眞的這麼白痴？」夕旖的聲音聽起來有些生氣。

怎麼回事，他們在吵架嗎？

我暫時站在原地，以免被他們發現。

從接下來的對話內容可以得知，大概是李東揚的前女友和他們念同一所大學，但李東揚並沒有發現，因此前女友順勢隱瞞了自己的身分，他們周遭似乎暗潮洶湧。

談話中李東揚一度站起身要過來關門，我戒備地往後退，幸好夕旖阻止了他，兩個人還嬉鬧了一下。

「李東揚，從以前到現在都幾年了，她對你這麼執著，你不怕她做出什麼事嗎？」

「我不會讓她傷害妳。」李東揚語氣堅定。

「可是……如果她傷害自己呢？」

兩個人開始討論要如何解決前女友這個麻煩，這些聽在我耳裡都是小事，於是我往前走，卻意外看見他們兩個擁抱在一起。

夕旖睜大眼睛，我也有些尷尬，而李東揚背對著我，所以並沒有發現。我笑了笑搖搖頭，然後走進自己的房間關上門。

我好累、好疲倦，但仍舊沒有忽略，在那個瞬間，夕旖臉上的表情充滿不安。

如此自信、如此強勢的夕旖，面對愛情的時候也會不安。

之所以擔心前女友的存在，是不是因爲不相信李東揚？還是不相信自己？

抑或是不相信愛情？

生日派對結束後，我們著手收拾餐盤以及裝飾物等東西，尚閎是壽星，理應什麼都不用做，加上他還在今天交到了女朋友，更是值得紀念。

不過他這個孩子就是無法袖手旁觀，還跑去幫媽媽洗碗了。當他將高腳杯一一擺回客廳的玻璃櫃時，我和他短暫地聊了幾句。

「尙閎，柴小熙長得挺可愛的。」我的語氣略帶調侃，尙閎難得臉紅了。

看著他羞赧的模樣，我有些羨慕，「之杏現在還是對外宣稱你們是雙胞胎，但今天卻是你一個人的慶生會……柴小熙她知道嗎？」

尙閎淺淺地微笑，「我沒有告訴她，也沒有特別隱瞞。」

「她沒問？」

「她應該發現了，之杏向她坦承我們的生日其實不同天，但她沒有多問。」

「她是個溫柔的女孩吧。」

「是呀，雖然笨拙，不過很溫柔。」尙閎笑了笑。

「之杏，這些東西都是要丟的吧？放到藍色垃圾袋裡面啦！」夕旖在後頭喊。

「我知道，這邊還有！」之杏指著自己手上的一團彩帶，她從剛才就一副心不在焉的樣子。

「我和妳一起把垃圾拿下去丟吧。」我對之杏說，有些擔心她是不是內心深處還沒有眞正忘掉尙閎，這樣的話，看見尙閎與柴小熙在一起，她肯定不免感到失落。

我和之杏一起到地下室，將垃圾放在指定處，接著我問她要不要跟我在一樓花園走一走。

「好哇，好久沒有和千裔單獨聊天了！」之杏開心地笑。

我們漫步在社區的花園之中，之杏吱吱喳喳說著學校裡發生的事情，還順便抱怨了夕旖幾句，最後她像是電池用盡了一般，嘆了口氣。

「怎麼了嗎？」

「千裔……我有個朋友，她隱瞞了她的男朋友一件很重要、很重要的事，她很害怕有一天，當她的男朋友知道了這件事，會不會因此離開她。」

我看著沮喪的之杏，她有事瞞著康以玄嗎？

「那要看是多嚴重的事。」

「對她的男朋友來說是很重要的事，她隱瞞了她男朋友一直想找的人的消息。」

「她爲什麼要隱瞞呢？」

之杏注視著我，眼眶泛淚，「因爲她擔心，要是男朋友見到了那個人，會不會產生某些情愫。」

「難道妳的朋友這麼不相信自己和男友之間的愛情？」

「不是不相信，只是……」之杏咬著下唇，「有時候人與人的羈絆一旦建立了，後來的人是怎樣也沒辦法破壞的。」

我頓時感到揪心，「那，妳覺得她應該怎麼做？」

「也許最後還是該告訴她的男朋友吧，等到她更勇敢、更堅強一點的時候……」

我將手搭上之杏的肩膀，頭輕輕靠在她的頸側，「我的妹妹很堅強，也很勇敢。」

之杏輕聲啜泣，沒有再說話。

回到家，夕旖正在洗澡，我和之杏道了晚安，也進了另一間浴室洗澡。洗完之後出來，卻正巧看見媽媽走進夕旖的房間，並關上門。

出於好奇，我輕手輕腳靠過去偷聽。

「沒想到今天會一口氣看見你們幾個的另一半。」

媽媽這樣說，我嘴角微揚，夕旖激動地澄清只是男朋友，說另一半還太早了。

接下來，夕旖提到今天不是尙閎眞正的生日，但是媽媽竟說：「今天的確是尙閎的生日。」

這句話讓我睜圓了眼睛，接著媽媽說出一個衝擊性的事實——尙閎的親生母親是她和爸爸年輕時的朋友，而爸爸愛著那個女人，所以在那個女人過世之後，才會把尙閎帶回我們家照顧。

隨後夕旖表示自己曾經偷看到幾張相片過，原來爸爸一直小心翼翼收藏著那個女人的照片。她是什麼時候看到那些照片的？她從來沒有告訴我過，她將這個祕密藏在心底多久了？

「妳愛著爸爸，對吧？」夕旖的聲音哽咽不已。

「幫我保密喔，夕旖，關於我愛妳爸爸的這件事。」

媽媽低聲說，我含著眼淚回到自己的房間，想著今天發生的所有事情。

之杏隱瞞著康以玄的眞相，總有一天會敗露，而到時候康以玄會有什麼反應？

夕旖明明在最愛的男友懷中，爲什麼神情會帶著不安與恐懼？

柴小熙並非全然無知，卻選擇什麼也不問，有一天這般不過問的溫柔，會不會成爲她和尙閎之間的隔閡？

原來，我們幾個都還是活在父母的陰影之下。

「也許我們潛意識之中，都不相信愛情。」

藍英倉彷彿就站在我身邊，輕輕說著。

第十三章

我茫然地走在街道上，數不清這是第幾次了，我總是會在街上走到天亮才回家，一回房便疲累地倒頭就睡，然而無論我怎麼睡，都無法再夢到藍英倉。

「妳怎麼會在這個時間回來？難道妳昨天沒回家？」

當我踏進家裡的大門時，正坐在客廳看電視的夕旖一臉訝異看著我。

「我好累，先去睡一下。」我勉強擠出這句話，全身的力氣似乎都要消失，只能緩步走回房間。

夕旖追上來拉住我，她的擔心全都寫在臉上，「千裔，妳怎麼了？」

「我只是覺得很累，好好休息就沒事了。放心，我沒事。」

我眞的沒事，我只是需要睡覺，需要見到他。

「可是妳……」

我輕輕掙脫她的手，喃喃說：「我需要睡眠，好好睡上一覺，讓我做場夢。」

「妳眞的沒事嗎？要不要去看醫生？還是我幫妳弄碗熱湯？」

「夕旖，妳還記得那套溫柔的守候嗎？」關於尙閎戰戰兢兢待在這個家這件事，我們曾經討論過，最後得到的結論是，身爲姊姊的我們唯一能做的，就是溫柔地在一旁守護，不探問、不多說。

夕旖咬著下脣，似乎還想說些什麼。

「希望妳也能這麼對我。」我輕聲說。

「妳眞的……沒事嗎？」

「眞的沒事。在我醒來以前，不要過來叫我。」我回房關上門，直接倒在床上。

迷迷糊糊之中，我隱約聽見夕旖在門外說了些什麼，於是虛應幾聲。

身體很疲憊，腦袋卻異常清醒，我沒有做夢，眼前所及全是一片漆黑，不知道過了多久，我的手機響起。

我不予理會，然而它響個不停，只有李妍蓁會這樣鍥而不捨，所以最後我接起來。

「夕旖打給我了，她很擔心妳。」

「我沒事……」

「妳會沒事的，但別讓家人擔心，也別讓我擔心好嗎？」

「……」

「我已經叫夕旖不要擔心，可是千裔，妳這樣下去不行，事情一定要有個結果。」

「……」

李妍蓁深吸一口氣，「千裔，我找到陳萓汶了。」

我瞪大眼睛，幾乎是從床上彈了起來。

「我是透過祁民才找到她的，因爲她出國玩了，我花了一些時間才聯絡上，她說那件事她只願意告訴妳，所以妳打給她吧。」

我的雙手不自覺地顫抖，「事到如今，我還要問什麼呢？」

「問那封信！不要再退縮了，孟千裔！」李妍蓁怒聲喝斥，逕自念出陳萱汶的手機號碼。

我下意識爬起來拿紙筆抄寫，結束通話前，李妍蓁再次叮囑我一定要打電話給陳萱汶。

可是我看著那串數字，怎樣也提不起勇氣撥出。

我將寫有電話的紙張放入包包，再次爬回床鋪，一直到隔天去了學校都沒有拿出來過。

教室裡，高元瑋像沒事一樣與我談天說地，他如此努力地想維持原本的互動，見狀，我於心不忍，所以也努力回應。

不知道實際狀況的黃宣甯感慨地說：「你們終於和好啦，所以說不要吵架咩！」

「妳不要用這種態度跟我講話喔，再怎樣我也是妳學長。」高元瑋雙手叉腰。

「是呀！留級的學長。」黃宣甯嘿嘿一笑。

這時我的手機響起，是沒見過的號碼。我原本不打算接，可是總覺得這個號碼有點熟悉，所以還是按下通話。

「孟千裔。」甜膩的嗓音從電話那頭傳來，我大吃一驚。

「妳怎麼……」

「妳跟以前一樣耶，依然喜歡逃避。我等了一整天，已經沒有耐性了。」陳萱汶的語氣雖然嬌柔，說話卻充滿魄力。

「我……」

「六點，在高中校門口見，我只等妳這一次。」說完她就掛掉電話。

我的表情想必太過震驚，讓黃宣甯以及高元瑋都有些擔心。

「怎麼了？誰啊？」黃宣甯問。

「難道是騷擾電話？」高元瑋也問。

「不是，是我的高中同學。」

「那妳怎麼被嚇成這樣？」黃宣甯皺眉。

「因為我以前和她處得不好，沒想到她會打來約我見面而已，沒事啦。」我撐起笑容。

「要不要我陪妳去？」

「沒關係，她和我約在高中母校見面，只是想敘敘舊。」我瞄了眼手機，現在已經五點半，陳萓汶完全不給我猶豫的時間，於是我趕緊整理背包，「我要先走了。」

「等一下，我送妳過去吧。」高元瑋跟著站起來。

「不用……」話說到一半，我再次拿出手機確認，又在內心快速估算這段路程需要耗費的時間，「好吧，麻煩你了。」

「不必跟我客氣。」高元瑋一笑，拉起我的手往停車場走去。

下班的尖峰時刻，馬路上塞滿車潮，交通警察的尖銳哨音不時響起，偶爾還有駕駛人爲了搶道而不耐地按著喇叭。

高元瑋的機車俐落地在車陣裡穿梭，我焦急地看著時間，只剩下十分鐘。陳萓汶絕對六點一過就會走人，我爲什麼不主動先打電話給她呢？我眞是個笨蛋！

「妳高中是念哪一所？」高元瑋大聲詢問。

「原來我們這麼不熟。」

「是啊，妳才知道呀！」他的笑聲流露出一絲哀傷，我對他說出高中的校名，他驚呼一聲，然後在下一條馬路右轉。

「放心，來得及的。」他說，這句安慰讓我稍稍冷靜下來。

到了學校附近，在等待紅綠燈時，我看見陳萓汶站在校門口。她看看手錶，接著跺了下腳後轉身要走，我趕緊拿下安全帽朝她大喊：「不要走！我到了！」

陳萓汶東張西望，最後才朝這邊望來，我下了機車，把安全帽交給高元瑋。

「謝謝你，我自己回去就可以了！」我跑過馬路，陳萓汶神情狐疑，目光落在高元瑋身上，又看向我。

「算妳幸運，我本來要離開了。」她哼了一聲。

「應該是我要打給妳，但是我……」我喘著氣，「總之，妍蓁是怎麼跟妳說的？」

她嘖了聲，一副老大不爽的樣子，「她提到信的事情。」

「妳願意讓我看那封信嗎？」

「妳怎麼敢這樣問？」她的聲音瞬間高了八度。

「不然告訴我內容就好，裡面是不是……」我費了好一番力氣才擠出後面的話，「藍英倉……對妳的告白？」

她翻了白眼。

「即使李妍蓁沒打給我，我原本也打算找一天跟妳聯絡。」她雙手環胸，「我出國前和高中的姊妹們聚會了，也找了千繪，她說妳在同學會那天告訴她，藍英倉以前喜歡我。」

「的確是如此，我交給妳的信……就是證明。」

「我沒想到妳這麼老實，還眞的直接把信給我，甚至連偷看都沒有。」

「那是藍英倉給妳的信，我爲什麼要看？」

「如果是我就會打開來看。」她深吸一口氣，「但也許就是這樣，藍英倉才喜歡妳。」

「咦？」我愣愣看著她。

「那封信我看過了，畢竟信封上的收件人是我，我看也是理所當然。我大概知道妳在氣什麼，可其實高中的時候，我唯一一次和藍英倉在學校以外的地方見面，就是某天因爲我們的爸媽在餐廳巧遇。他爸爸和我媽媽以前是同學，所以我們兩家人順便一起吃了飯，當時我是後來才趕過去，他還特地出來接迷路的我。關於英倉的事情，我全是在那頓飯局中自己觀察到的，他壓根沒跟我說過任何事。」陳萱汶說著，掉下了眼淚，「我覺得很不甘心啊！爲什麼妳這麼容易就懷疑他，他卻喜歡妳？我無條件相信他，但他看也不看我，妳憑什麼得到英倉的青睞？」

「我、我不懂妳在說什麼……」

「妳自己看。」陳萓汶從提包裡拿出一封信，那是高中時的我從藍英倉手上接過，再轉交給她的。這麼多年過去，見到這封信依舊讓我的心隱隱作痛。

「快拿啊！」陳萓汶尖聲催促。

我抖著手接過，打開信封，裡頭有兩張對摺起來的信紙。

第一張寫著「給陳萓汶」，裡面只有短短幾句話。

抱歉啦，陳萓汶，要妳當中間人。

反正呢，如果孟千喬這個白痴眞的把信直接給妳了，就請妳先代爲保管吧，到聖誕節前再交給她，眞的很謝謝妳。

這千眞萬確是屬於藍英倉的字跡，我顫抖不已，看著眼前的陳萓汶。

「不要怪我當時爲什麼沒拿給妳，我不甘心，反正妳生日的時候就能見到他了，我爲什麼要拿給妳？」陳萓汶大哭起來，「我沒想到英倉居然就這樣死了，當年我還暗自竊喜英倉也許變心了、也許忘記妳了，一直到同學會那天我才知道，他死了，他在那一年就死了！他爲了見妳而死了！這麼多年以來，這封信都被我藏著，這是我內心最沉重的祕密！」

我擦掉眼淚，不想讓淚水沾溼信件，接著拿出第二張信紙。這是給我的。

但如果，孟千裔妳先打開了這封信，妳就會看到這些內容了！

我真的不知道該怎麼說妳。

妳的行爲讓我很受傷，妳的言語也讓我很受傷。

我們也許都被我們的父母所影響，所以潛意識之中並不相信愛情，可是我選擇相信妳，爲什麼妳不相信我呢？

直到現在，我還是不知道妳爲什麼生氣。

但算了，我會親自問妳。

一月一日，這次我知道了，也記得。

我會回來幫妳慶生，無論我在哪裡，我一定都會回來，然後到妳家樓下等妳，我覺得妳最好先想想該怎麼跟我道歉，因爲妳絕對、百分之百是誤會我了。

不過，如果妳不想道歉的話也沒關係。

那妳就想想，生日那天要怎麼回應我的告白吧。

雖然我覺得妳應該不會拒絕。

哈。

希望未來，我們都能一起開開心心的。

這便是全部的眞相嗎？

所以……一直以來我都誤會他了，他並不喜歡陳萓汶，我才是最接近他的人，可是我卻……我到底做了什麼？

他是以什麼樣的心情離開，以什麼樣的心情回來台北爲我慶生？

在死前，他最後想的是什麼？

「我以爲……我以爲他恨我……」

「他那麼愛妳！我們所有人都知道，都看得出來！爲什麼就只有妳看不出來？」陳萓汶大吼，我從來沒看過她這麼失態，「妳傷害了他，妳背叛了他！」

她伸手指向另一邊，「妳永遠不能愛上英倉以外的人！妳若愛上別人，就是再一次背叛英倉！」

我朝她所指的方向看去，高元瑋面無表情站在那裡。他怎麼沒有先走？他都聽見了嗎？

「我……我……」除了痛哭以外，我什麼話都沒辦法說，也沒資格說。

緊抓著信紙，我跪到地上，藍英倉最後那句「希望未來，我們都能一起開開心心的」永遠不會實現。

他已經沒有未來，他的時間停止在那一天了，我要怎麼做才能扭轉這一切？要怎麼樣才能讓藍英倉死而復生？

「我現在很快樂，可是對我來說，最令人懷念的還是有英倉在的那段高中時光。爲什麼他會死？爲什麼上天這麼不公平？」陳萱汶拋下這句話，轉身離開。

我知道自己此生都不會再見到她了，她肯定會恨我一輩子。

高中時的回憶有多幸福，現在內心便有多痛苦。

我寧願永遠永遠不要和藍英倉相遇，也不要在此刻心痛難抑。

高元瑋走到我身邊，輕輕環抱住我。

「這就是你想要的眞相，你現在知道了，你滿意了嗎？你開心了嗎？我心裡那個人已經死了，他永遠不會再回來，永遠永遠——永遠消失在這個世界上了！但是我會永遠愛他，我將再也不會愛上別人，我一輩子都不會愛上藍英倉以外的人！」

高元瑋什麼也沒說，只是用力地、緊緊地抱著我。

「我希望妳能永遠開開心心的。」

離別前藍英倉對我說的這句話，本身就無比悲傷。人怎麼可能永遠開心？只要還活在這世上，就不可能永遠開心。

那你呢？藍英倉，現在的你快樂嗎？那個無病無痛，也無人會傷害你的世界，是不是你所期望的完美世界？

對於我，你心中最後剩下的，是愛還是恨？

你有沒有討厭過我？

你氣不氣我？

我哭到幾乎要暈眩，現實與夢境的界線逐漸模糊，我想待在夢中，一輩子都不要醒來。

「我會永遠愛著妳。」在我眞的昏過去之前，高元瑋在我耳邊說。

夕陽餘暉從西邊的窗戶灑進來，將教室染成一片橘紅，這個場景既虛幻又美麗，像是有火焰在燃燒一樣。

藍英倉站在我眼前，看起來十分沮喪。他身穿淺藍色襯衫，雙手垂放在兩側，皺著眉頭。

「我……做了什麼嗎？」他低聲說，教室外的走廊上站著班上所有同學，他們都好奇地張望著。

我低頭整理自己的書包，不發一語，接著起身朝外面走。

「孟千裔，我做了什麼，爲什麼妳要這樣對我？」他拉住我，而我甩開他的手。

不要！不要走！

我吶喊。

現在還來得及，不要走出教室！

可是沒有用，穿著制服的我還是往外走了，同學們讓出一條路給我。

藍英倉追了出來，朝著我的背影說：「我要轉學了。」

「什麼？」走廊上的人全都驚呼出聲，而我依舊背對著藍英倉。

快說話，留住他！

不要鬧脾氣，妳會後悔一輩子的！

李妍蓁用力搖晃我，「千喬，現在不是鬧脾氣的時候了。」

可是該死的我還是邁開腳步。給我停下來！孟千喬，不准走！我不准妳走！

「孟千喬，等一下！」

藍英倉對我大喊，而我回過頭，準確地和藍英倉對上目光。

「這件事很突然，我沒有辦法，因爲我爸工作的關係……這個月底我就會離開了。我也是昨天才知道，他們從不會提前告訴我，也不會徵求我的同意，每次都只是告知。」

「這不關我的事。」

聽著這冷漠的回應，我多麼想賞過去的自己一巴掌。當時爲什麼會說出這種話？

祁民朝我大吼，而我卻冷笑著。

「反正這一切都是虛假的，我會當作什麼事都沒有發生過，我會忘記關於你的事，你也忘記我的事，到另一個地方好好生活吧。」

「也許我們潛意識之中，都不相信愛情。」藍英倉說。

爲何當年我完全沒有發現他有多痛苦？他的眼神、他的話語，都在在表現出無可奈何，爲什麼我被嫉妒蒙蔽了雙眼，什麼也看不見？

高中時期的我開口，就要說出那番令我後悔的話——

不能，我不能再犯錯，我不能再傷害他。

藍英倉離開的話會死的，他會死！

而我更將一輩子忘不了他，我不要，我不要獨自活在沒有他的世界！

「你不要走——」

我大喊，藍英倉抬頭，瞪大眼睛看著我。

「千裔……」李姸蓁雖然訝異，但隨即綻開笑容。

「不要離開，我不要你走！」穿著制服的我大喊，同學們紛紛起鬨。

我哭了起來，「求求你，不要離開我，我不能沒有你。」

藍英倉的表情從錯愕變成害羞，祁民推了他一下，他紅著臉向我走來，然而我沒有止住哭泣。

「我喜歡你，藍英倉，我什麼都相信你，你不要離開，永遠也不要離開我。」

然後，他張開雙手，緊緊擁抱了我。

我從來……沒有被他擁抱過，他的體溫、他的味道、他的一切，如此熟悉又如此陌生。

「不要再哭了啦。」他輕笑，「我想說的都被妳說完了，這樣我要說什麼？」

「說你不會離開我，永遠永遠。」我用力抓住他的衣服，害怕他會消失。

「永遠。」他燦笑，就在我眼前。

四周爆出歡呼聲，幾乎所有人都爲這一刻感到高興。有的人拍手，有的人也過來抱住藍英倉，李妍蓁開心得掉下眼淚，而莫千繪扯扯嘴角，不情願地跟著拍手，只有陳萓汶氣得臉都紅了。祁民高聲喊著：「終於修成正果了啊！英倉！」

後來……後來藍英倉求父母讓他留在這個地方，他願意半工半讀，願意做很多事情，只要讓他留下。

奇蹟的是，他的父母答應了，只是不能讓未成年的孩子獨居，所以他媽媽也留下來了。她每天幫藍英倉做早餐和準備便當，晚上藍英倉回到家時，總有熱騰騰的飯菜等著。

藍英倉的媽媽不再是那個濃妝豔抹的女人，而是我在另一個城市看見的樸素女人，那個溫暖、深愛著藍英倉的女人。

之後，我會把藍英倉帶回家，他會很訝異我家居然這麼大、這麼漂亮，之杏見到他會雙眼發亮地說：「好帥的男生！」

夕旖則會裝模作樣地調侃我：「還挺厲害的嘛，千裔。」

而尙閎會和藍英倉變成好朋友的，我相信藍英倉一定可以成爲尙閎的另一個憧憬、另一個支柱。

爸媽也會見到藍英倉，他們將被這個略帶憂鬱的男孩吸引目光，他們也許會因爲藍英倉的關係，而開始經常回家。

爸爸會和藍英倉下棋或討論時事新聞，藍英倉會稱讚媽媽做菜的手藝，因此媽媽也更常特地做飯給我們吃。

然後，我們會考上同一所大學，一起加入搖尾巴社，認識許多人。黃宣甯會扼腕這樣一個有魅力的男人居然是我的男友，而高元瑋會很高興有了個得力助手，也會受我和藍英倉的互動影響，讓他從羅莞竹身上感受到以往沒發現的愛情。

當高元瑋畢業時，羅莞竹會哭哭啼啼地說等他當完兵就馬上結婚。

我還會邀請藍英倉參加尙閎的生日派對，帶他認識夕旖的男友李東揚，藍英倉一定可以和他聊關於酒的知識。

當然也會認識之杏的男友康以玄，藍英倉或許能夠逗那個面癱男孩笑，他們能相處得很好。

不過，尙閎可能會有點擔心柴小熙被藍英倉吸引，因此提防著藍英倉。

最後，我會和藍英倉牽著手，站在我家客廳的角落品嚐梅酒。

「這才是我們未來開開心心的模樣呀！」藍英倉說。

我抬頭注視藍英倉，淚水滑落，「不要離開我。」

「妳不能待在這裡。」他溫柔地微笑，伸手輕撫我的臉頰，「雖然我很捨不得妳，可是，妳有更好的人生。」

「沒有你的話，我哪裡都不要去！」我撕心裂肺地痛哭，「不要離開我！」

「千裔，我眞的很喜歡妳，能遇見妳眞是太好了。」他執起我的雙手，在我的手背落下一吻，然後讓我的的掌心貼在在他的臉頰。

「沒有遇見我的話，你就不會死了！都是我的錯！帶我走，我要跟你一起走！」我緊緊抓著藍英倉，說什麼也不讓他離開。

周遭的景物開始瓦解，逐漸被一片漆黑所取代，只剩下我和藍英倉還存在，而他的身體微微發光。

「我啊，最愛妳了，所以妳要好好活著。記得我問過妳的那句話嗎？」他的雙眼泛著淚光，「妳曾經想過如果有一天，自己從世界上消失了，結果會怎麼樣嗎？」

「我不要……我不要你消失……」我哀求他。

他又一次撫摸我的臉頰，將臉靠了過來，給了我一個摻雜著淚水的柔柔親吻。

「該醒過來了，睡美人。」

我猛然睜開眼睛，高元瑋正拚了命地喊我的名字。

「孟千裔！妳沒事嗎？妳要嚇死我了，妳剛剛暈倒……我已經打算叫救護車了！」

我看著四周，這裡是現實，還是夢境？

我在哪？藍英倉在哪？

「啊——」我尖叫起來，推開高元瑋。

這一切都是假的，我不要這個世界，現實的世界沒有藍英倉，他在夢裡面，我不要醒來、不要醒來！

我一路跑回家，高元瑋在後頭追著，但是他被警衛攔下了。我沒有理會他，直接衝回家裡，我必須找到媽媽的安眠藥，我必須讓自己睡著，藍英倉在夢中等我！

「千裔？」待在客廳看電視的夕旖站起來，露出震驚的表情。

「天啊，妳怎麼了？」原本正在和夕旖搶東西的之杏也嚇得臉色蒼白。

「千裔。」尚閎想走到我身邊，但我戒備地閃躲。

我沒有時間和他們多說，我必須快一點、快一點找到安眠藥。我跑向媽媽的房間，一把打開門。

「千裔？妳怎麼了？妳的臉怎麼……」媽媽坐在房裡的小沙發上看書，她立刻起身，而我打開化妝臺的抽屜，把裡面的東西全部倒出來，見這格抽屜裡沒有安眠藥，我又急急拉開下一格。

「千裔！妳在做什麼？」媽媽驚慌地趕到我身邊，我猛地推開她，力道之大令媽媽整個人撞到一旁的桌子。

「媽！千裔，妳發神經啦？」之杏驚喊，連忙過去把媽媽拉起來。

而我走到另一個櫃子前，將抽屜全部打開。到底在哪裡？在哪裡？

「怎麼回事？怎麼鬧成這樣？」爸爸從書房跑過來，眞是難得，他居然在家。

「爸，千裔她不知道怎麼了……」夕旖臉色發白。

終於，我在收納首飾的小櫃子中找到了安眠藥。我立刻轉開瓶蓋，倒出好幾顆藥，就要往嘴裡倒——

「不准吃！」尙閦一個箭步衝來，打掉了我手中的藥和藥瓶，安眠藥散落一地。

「那是什麼東西？是什麼藥？」夕旖不知所措地問。

「那是我的安眠藥……千裔，妳答應過我不再吃的！」媽媽哭了起來。

看著眼前凌亂的一切，以及被我嚇傻了的家人，我不禁笑了。

「呵呵呵呵……哈哈哈哈哈……」

「千裔！妳不要這樣，妳這樣讓我很害怕！」之杏哭著說，尙閦緊緊抱住她。

「爲什麼妳在吃安眠藥？千裔也有吃是怎麼回事？」爸爸質問媽媽，夕旖則顫抖著看我。

「因爲媽媽愛你呀！爸爸，你是眞的不知道還是假裝不知道？她愛你愛得這麼痛苦，甚至要吃安眠藥才能入睡，誰知道她吃了多少年啦？」我崩潰似的狂笑。

我受夠這一切了，一切都是假的，只有藍英倉才是眞的。

只要這個世界崩塌了，我就能回到夢中，去見他。

「千裔！不要說！」夕旖尖叫。

見到她也哭了，我笑得更加開心。

「我們所有人都被爸媽影響，所以潛意識裡都不相信愛情！你們以爲自己很幸福嗎？你們以爲眞的能找到和自己相愛一輩子的人？看著我們的父母，你們和喜歡的對象在一起時，心裡難道不曾閃過有一天終將分離的恐懼？若是沒有我，若不是我一直耳提面命告訴你們，我們很幸福、爸媽即使並不相愛也愛著我們、我們四個相愛就可以了，你們能成長得這麼快樂？你們會感到知足？你們會覺得幸福？」

我攤開雙手，環顧這個漂亮、奢華卻空虛的家。

「我們全都假裝不在意父母之間的感情，可是不相愛爲什麼不離婚？美其名是爲了我們，難道不是爲了你們自己？」我氣憤地指著爸爸，「你明知道媽愛著你，爲什麼裝作不知情？」然後又指向媽媽，「妳明明深愛爸，爲什麼卻讓自己十幾年來服用安眠藥度日，並裝得毫不在乎？」

「千裔……我是因爲愛……」媽媽顫抖著。

「別把什麼都推給愛，愛是一切存在的基礎，但絕不該是一切的藉口！」我瘋狂地大叫。

「不要這樣，千裔！說出來的話就收不回去了！」尙閎突然大吼，這麼多年以來，他第一次在這個家這麼大聲說話。

「哈哈哈，尙閎，你最幸運了，你沒有我們家的基因，所以你可以談一場正常的戀愛，而且你的親生母親也是爸媽認識的人，你並不是孤兒啊！所以你最最最幸運了，可以和柴小熙共度幸福快樂的人生，你們才是最美好的童話故事呀，我們其他人都沒辦法，永遠都沒辦法眞正敞開心胸愛別人，因爲我們不値得被愛、我們全部的人都……」

啪。

我的臉頰火辣辣的，夕旖含著眼淚，衝過來賞了我一巴掌。我不敢相信，一向和我感情最好的她居然會對我動手。

「千裔！我不准妳這麼說我們，也不准妳這麼說自己！」她哭著，「對，我們也許潛意識裡都不相信愛情，但是我們願意試著去相信。妳呢？千裔！妳相信我們嗎？妳發生什麼事情了？爲什麼我們都不知道？」

我的手貼在自己的臉頰上，我發生什麼事情了？

「我只是想要做夢而已……」我夢囈似的喃喃說。

「什麼？」

「我只是，想要見他而已……」我開始渾身顫抖，完全無法停止。

「妳要見誰？千裔，妳振作一點！」夕旖搖晃著我，就在這時候，有個聲音從房間外傳來。

「孟千裔！」我們全家人都還搞不清楚狀況，高元瑋已經闖了進來。

「你是誰？」尙閎攔住他的去路，爸爸也隨即擋到尙閎面前。

「我是千裔的大學同學，她剛剛……總之她情緒很不穩定！」

「這還需要你說？我們看得出來！你哪位啊？滾出去！」夕旖朝高元瑋怒斥，而尙閎跟著要把高元瑋推出去。

「孟千裔，妳別這樣要死不活的！」高元瑋急了，「藍英倉如果看見妳這副樣子會怎麼想？這是他要的結果嗎？」

「不要拿藍英倉威脅我，我現在就是爲了去見他！只要死了，就能見到他——」我哭喊，他懂什麼？他懂身邊少了重要之人的悲痛嗎？

「怎麼回事？千裔，妳不要這樣，我不要這樣！」之杏哭個不停，媽媽抱緊她。

「好了，全都冷靜點！」李妍蓁忽然出現在房門口，手裡提著水桶，「抱歉啦！」說完，她把水統統往我身上倒。

「啊——」我放聲尖叫。

「好，看誰來把這裡收一收，然後一個人去放洗澡水，一個去煮湯，叔叔阿姨你們好，我是千裔的死黨李妍蓁。」她一口氣說完這些話，走到我旁邊揪起我的衣領，「孟千裔，我警告妳不要這麼歇斯底里，我了解妳的痛苦，但是妳睜大眼睛仔細看清楚，現在站在這邊的，都是愛妳的人，妳看看妳把他們嚇成什麼樣子？」

我茫然地環顧周遭。之杏哭得臉都花了，嘴角甚至咬出血來；尙閎一個大男生，身子竟在微微顫抖；夕旖的手有些發紅，大概是因爲剛剛打了我一巴掌，而她臉上的妝被淚水暈開了。

我又看向爸爸，他的臉上是我從來沒見過的表情，包含了詫異、不安以及擔憂，媽媽則是滿臉恐懼、驚慌、自責。

頭。

「我……我……我又做錯了嗎？爲什麼我……」我全身發顫，差一點咬到自己的舌

「人本來就會犯錯，孟千裔，妳很棒、妳很好，妳只是需要休息一下，泡個澡、喝碗熱湯。」李妍蓁噙著淚水，用力抱住我，「妳這個傻瓜，我不是說了我隨時都在，爲什麼不跟我求救？」

「對、對不起……」我看著我的家人，看著高元瑋，「對不起……」

這場鬧劇，因爲李妍蓁英雄般的登場而結束。

我泡了澡，喝了一碗熱呼呼的湯，靜靜看大家整理媽媽的房間。

高元瑋什麼也沒說便離開了，而李妍蓁把我的手機交還給我。

「爲什麼……」

「妳掉在路上的吧，那個男生打給我，因爲我是妳通訊錄裡的常用聯絡人。接到電話後，我就馬上趕過來了。」她輕輕將頭靠在我的肩上，「他很愛妳吧。」

「也許今天過後，他就不再愛我了。」

「傻孩子，愛很脆弱沒錯，但也很堅強。」她對我微笑，這時夕旖他們出現在房門口，李妍蓁站起來，「接下來是你們家人相處的時間了，我不打擾。」

「謝謝妳，妍蓁姊……」夕旖說，聲音有些哽咽。

李妍蓁拍拍她的肩膀，離開了房間，我聽見爸媽和她道謝。

我看著夕旖、之杏和尚閎，「我實在沒臉面對你們……」之杏哭喪著臉跑到我身邊，緊緊抓著我的褲管，蹲在一旁。

「對不起……我說了很多過分的話……」這麼多年來，我依舊沒有成長，依舊還是只會出口傷人。

夕旖走過來，摸上我的臉頰，「還痛嗎？」

我搖頭，動手的人也會痛，而且夕旖的痛想必比我更深。

「對不起……對不起……」我流下眼淚。

「兄弟姊妹之間不會計較這些的。」她們在我耳邊低聲安撫，成了最溫柔的依靠。

尚閎站在那裡，感覺有些猶豫，最後還是跑過來張開雙臂，將我們三個人抱住。

「無論妳說了什麼、做了什麼，妳都是我最親愛的姊姊，我對妳們的愛並不是虛假。我相信妳說的那些話裡有妳的眞心在，但妳的確愛著我們，這樣就足夠。」他的聲音略帶沙啞，而這番話讓我們都哭了出來。

「永遠不要再有死這個念頭了，爲了我們，活下去好嗎？」夕旖啜泣著。

我緊咬下脣，用力點頭。

我們有多久不曾四個人抱在一起哭過？

不，應該是不曾有過。我原本覺得這樣抱成一團哭泣是很愚蠢的行爲，可是此刻卻感到溫暖至極。

那天晚上，我們四個在同一間房裡睡覺，我夢見很小的時候，我們幾個和爸媽一起出遊的畫面，那溫馨、快樂的記憶並非虛假。

「我們談談吧。」朦朧之中，我聽見媽媽的聲音。

「嗯，是該談談。」爸爸輕柔地回應。

他們會離婚，還是會決定重新開始，我不知道，這也不重要。

童話故事裡幸福快樂的結局全是假的，沒有永恆不變的愛、沒有不會改變的事物、沒有人可以接受妳的全部、沒有人會永遠在那裡等妳。

我們永遠永遠，都無法永遠幸福快樂。

永遠所帶來的，只有無盡的淚水與痛苦。

童話故事裡的愛情，只存在於童話故事裡。

我們活在現實世界。

永恆的愛不是愛，而是完美的幻象。

我的愛遺留在高中時代，全都給了那名身穿淺藍色襯衫的憂鬱男孩。

「妳曾經想過如果有一天，自己從世界上消失了，結果會怎麼樣嗎？」高中時的藍英倉這麼問。

「至少，我們還有一個人活著。」現在的我，如此回答。

在這個沒有你的世界，活下去。

尾聲

狂風不斷吹襲，四周的雜草都被長年的強風吹得往同一個方向傾倒。我任憑風吹亂自己的頭髮，輕輕將花束放在灰色的石碑前。

「藍英倉，我來看你了。」

石碑上的遺照，正是高中時的藍英倉，他的嘴角帶著淺淺笑意。

我身處於臺灣中南部的某座山中，藍英倉的墓就在這裡，既能坐擁群山，也能遠眺大海。

「我做了很多錯事，未來也許還會繼續犯錯……沒有你之後，我要怎樣才能走下去？」我再度落淚，覺得自己幾乎已經要流乾這輩子所有的眼淚，「你要我好好活著，如果這是你的期望，那我會做到。」

我伸手撫摸那張照片，石頭的冰冷觸感刺痛我的心，「我會永遠愛你。」

縱使有千言萬語，在藍英倉面前，我卻總是說不出口。但是沒關係的吧，他懂我的心，一直以來他都能理解我、包容我。

我輕吻他的照片，然後轉身離開。高元瑋在墓園外等我，他來回踱步著，直到我走近，他才停下來。

「其實你可以不用陪我來的。」這一趟的路途太遙遠。

「我想陪妳過來。」

「我會永遠愛他，我的心裡已經無法承載更多情感了。」我再一次對高元瑋說。

「我知道。」他牽起我的手，我微微抗拒，他沒放開，「讓我陪著妳一起愛他。」

我熱淚盈眶，「我眞的不值得……」

「對我來說，妳就是値得。」他揚起笑容，看起來那麼卑微，我卻覺得他很偉大。

我身邊的人爲什麼都這麼堅強、這麼勇敢？

他們像英雄一樣來到我身邊，卻無法拯救我。

「你這個笨蛋。」我任由他握著我的手，淚水滑落。

離開前，我再次回頭望了一眼藍英倉長眠的地方，湛藍的天空、潔白的雲朵、清新的空氣。這是我許久不曾感受到的海闊天空，彷彿在告訴我未來依舊可以充滿希望，一切都會好起來。

藍英倉。

在沒有你的世界，我要如何好起來？那些與你相遇的曾經，是我這輩子最美好也最沉重的禮物。

穿著淺藍色襯衫的男孩站在山丘之上，他微微一笑，消失在風中。

全文完

後記
在故事結束以後

終於，愛情童話系列在此結束了。

對於這樣的結局，大家有什麼想法呢？

我知道有些人習慣先偷看結尾和後記，其實我本身也屬於這樣的人，所以就不制止你們了，如果因此被劇透我也不負責嘍。（偷笑）

每次寫完一個故事，我總是很期待你們讀完後的感想，如同我以前說過的，當我動筆的時候，結局就已經安排好了。

起初撰寫愛情童話系列時，我先決定了以哪四篇童話故事爲主題，透過其中的概念與意象來闡述孟家四姊弟各自不同的愛情樣貌。只是即使戀情開始的時候如何的與童話一樣甜蜜與夢幻，未來將要面對的，依舊是人生中可能遭遇的種種現實。

在《人魚不哭》、《閣樓裡的仙杜瑞拉》、《湖岸邊的黑天鵝》中，無論是尙閎、之杳還是夕旖，都歷經許多波折才得到自己所期望的愛情，然而每個故事的結尾，也都隱隱約約埋藏了不安的因子。

於是千裔這個孟家大姊，在愛情童話系列的最後就要打醒所有人，道出殘酷的現實了。

如同睡美人一樣，大家都該從美夢裡醒來了。

看過《湖岸邊的黑天鵝》後，有許多讀者已經開始擔心千裔的故事會很虐心，還有小Misa留言給我：「不要有人死掉就好了。」

當時我只是微笑。

簽書會的時候，也有可愛的小Misa對我說：「我喜歡妳的故事，可是有點太虐了，可以不要這麼虐嗎？」

我仍是微笑。

所以，未來提問後見到我微笑了，你們大概就知道是什麼答案了吧？哈哈。

其實有時候，我不太清楚大家對於「虐」的定義是什麼，因爲所有故事的結局，對我來說都是最好的安排。

一開始，我就已經決定好男主角藍英倉的死亡，在大家意識到他是男主角、在大家對他產生感情以前，便先由祁民告訴你們，藍英倉死了。

任何人事物，在我們投入感情之前，都是不重要也不需要在乎的，可是一旦產生感情之後，就無法理性面對了。

千裔在大家的心中是個冷靜、理智的女孩，是可靠又堅強的大姊姊，她驅散所有弟妹的不安與懷疑、告訴他們要珍惜與家人之間的親情，因爲有千裔的引領，所以夕旖、之杏、尙閎即便心中存有迷茫，也總有盞明燈照亮他們的前路。

但是千裔呢？

她只能依靠自己，所以在成長的路上跌跌撞撞，當她還對一切懵懵懂懂的時候，就得負起照顧和保護夕旖與之杏的責任了，這是何等沉重的壓力？

所以故事的最後，千裔在崩潰之際揭開了所有人都不願說出口的殘酷事實，她幾乎放棄了過去小心翼翼守護的一切，全是因爲藍英倉離開所造成的打擊，讓她再也無法承受更多。

在寫作的過程中，我時常不自覺地和千裔一起呼喊著藍英倉的名字，甚至入戲地跟著千裔說出一句句對白；當寫到藍英倉親吻千裔，告訴她：「該醒過來了，睡美人。」的時候，我更是忍不住熱淚盈眶。

如果問我爲什麼要安排這樣的結局，我只能回答，我自己也不知道爲什麼。

許多人可能會想知道劇情爲何會這樣發展？書中的角色後來又有怎樣的遭遇？

但是故事已經寫完，接下來就交給你們了。無論故事裡的每個人會有怎樣的未來，都已經是你們的了。

我寫的結局，不是最終的結局，他們的未來無限遼闊，便交由你們去想像吧！

藍英倉，這個死去的男主角，他的迷人令我都不禁心動。他在千裔的夢中過著他們本來所期望的「永遠幸福快樂的生活」，究竟這場夢是不是藍英倉給千裔的訊息呢？

而對於千裔來說，這眞的是一場好夢嗎？又抑或是漫長的噩夢呢？

千裔的故事，以及愛情童話系列，就到這邊結束了，雖然稱作童話，卻一點也不是幸福快樂的童話。

謝謝你們陪伴我寫完這段從《很久很久以前》開始的故事，在《人魚不哭》裡，我們與迷惘的尚閎一起探尋眞愛的定義，並看著《閣樓裡的仙杜瑞拉》中爲了幸福而選擇隱瞞眞相的之杏，然後見證《湖岸邊的黑天鵝》裡驕傲美麗的夕旖，卻因爲愛而強壓下心中的不安。

最後，我們迎來終曲《在沒有你的世界沉睡》，卻不得不和千裔一起從美夢裡醒來。

讓我們一同體會愛情裡總會有的缺憾與現實吧。

感謝馥蔓、思涵，感謝所有購買這本書的你們，感謝所有支持我的你們。

Misa

國家圖書館出版品預行編目資料

在沒有你的世界沉睡 / Misa著. -- 初版. -- 臺北
市；城邦原創, 民 106.03
面；公分. --（戀小說；73）

ISBN 978-986-94123-8-4（平裝）

857.7 106003069

在沒有你的世界沉睡

作　　者／Misa
企畫選書／楊馥蔓
責任編輯／陳思涵

行銷業務／林政杰
總 編 輯／楊馥蔓
總 經 理／伍文翠
發 行 人／何飛鵬
法律顧問／元禾法律事務所　王子文律師
出　　版／城邦原創股份有限公司
台北市中山區民生東路二段 141 號 6 樓
電話：(02) 2509-5506　傳眞：(02) 2500-1933
E-mail：service@popo.tw
發　　行／英屬蓋曼群島商家庭傳媒股份有限公司城邦分公司
聯絡地址：台北市中山區民生東路二段 141 號 11 樓
書虫客服服務專線：(02) 25007718・(02) 25007719
24小時傳眞服務：(02) 25001990・(02) 25001991
服務時間：週一至週五09:30-12:00・13:30-17:00
郵撥帳號：19863813　戶名：書虫股份有限公司
讀者服務信箱 email：service@readingclub.com.tw
城邦讀書花園網址：www.cite.com.tw
香港發行所／城邦（香港）出版集團有限公司
地址：香港灣仔駱克道 193 號東超商業中心 1 樓
email：hkcite@biznetvigator.com
電話：(852)25086231　傳眞：(852) 25789337
馬新發行所／城邦（馬新）出版集團 Cité(M)Sdn. Bhd.
41, Jalan Radin Anum, Bandar Baru Sri Petaling,
57000 Kuala Lumpur, Malaysia.
電話：(603) 90578822　傳眞：(603) 90576622
email:cite@cite.com.my

封面設計／黃聖文
電腦排版／游淑萍
印　　刷／漾格科技股份有限公司
經 銷 商／聯合發行股份有限公司
電話：(02)2917-8022　傳眞：(02)2911-0053

■ 2017 年（民 106）3月初版
■ 2022 年（民 111）8月初版 15.5 刷
Printed in Taiwan

定價 / 250元

ISBN　978-986-94123-8-4

本書如有缺頁、倒裝，請來信至service@popo.tw，會有專人協助換書事宜，謝謝！